私はサキュバスじゃありません 6
「おう、リズ。火くれ、火」
小東のら
Nora Kohigashi
illustration —— 和錆

露出度の高い黒いバニー姿。
アルティナ様は顔を
真っ赤にして恥ずかしがっていた。

ライフガードの
天使さんは
翼が真っ黒であった。

アルティナはハイネックにフレアスカートという、肌をなるべく露出させないデザインの水着を選んでいる。
シルファは三角ビキニの水着を着用していた。ちょっとだけ布地が少なめの、彼女の素材の良さを活かした水着である。

クオンは地味な
スクール水着を着用している。
ちょっとニッチな
感じになってしまっていた。
メルヴィはワンピース型の
水着を着用していた。
露出度が低くて
落ち着いた雰囲気があり、
清楚《せいそ》で可憐な彼女に
よく似合っている。
レイチェルの水着は
胸を覆う上の布地は
一般的なものだが、
下のボトムは三角型のものより
布の面積が広くて、
ボーイッシュなデザインと
なっている。

「終わりだぁあああぁあああぁあああぁあああああっ……！」

カインが叫び声を
上げながら
二本の聖剣を振り切る。
リズが練り上げていた
球体の魔法は四つに割れ、
塵《ちり》になって消滅していった。

Introduction

イントロダクション

記憶を失った先に…

親睦を深めるカインガールズの中で、
リズことリーズリンデだけは「カイン様と私では
全く釣り合いが取れませんので……」と
距離をおくような発言をしていた。
リズは本来勇者カインの恋人であった。
しかし彼女の記憶が消えてしまったために、
その関係性も白紙に戻っていた。
それではあまりに不憫《ふびん》だと、
かつての仲間たちがお節介を焼き始める。
リズの恋を応援するために
彼女と勇者カイン、二人っきりによる
海への旅行プランを計画し始めたのだ。
仲間に騙《だま》され、仕組まれたデートを
する羽目になってしまったリズとカイン。
そこで二人の仲は進展するのか？
海での水着デートは上手くいくのか？
仲間たちのフォローはちゃんとしたものと
なっているのか？
リズの恋の戦いが今、始まる。
その一方で、カインたちは気付いていなかった。
この海に世界の真実を知る者が
潜んでいることを……。
リズのサキュバスの力の
根本を担う人物が存在していることを。
この真夏の刺激的なビーチ、
どこまでも開放的な広い海……
そこでリズの本当の力と恋心が解放される。

私はサキュバスじゃありません　6

小東のら

ヒーロー文庫

6
私はサキュバスじゃありません

Contents 目次

Illustration 和錆

イラスト／和錆
装丁・本文デザイン／5GAS DESIGN STUDIO
校正／福島典子（東京出版サービスセンター）
DTP／天満咲江（主婦の友社）

この物語は、小説投稿サイト「小説家になろう」で
発表された同名作品に、書籍化にあたって
大幅に加筆修正を加えたフィクションです。
実在の人物・団体等とは関係ありません。

プロローグ

だんだんと強くなっていく朝の日差し。

爽やかというにはいささか暑すぎる気温のため、雲一つない晴天の中、学園に登校してくる学生たちはじんわりと汗を滲《にじ》ませている。

友達とお喋《しゃべ》りをしながら、一人でのんびり、恋人と手を繋《つな》ぎながら……思い思いに学生たちは華美な装飾が施された学園の門をくぐり、吸い込まれるように校舎の中へと入っていく。欠伸《あくび》をしながら、眠い目をこすりながら……。

それが何の変哲もない私たち学園生の日常。

だけど今日一日、私たちのクラスは他のクラスと違い、妙にそわそわとした空気が流れていた。教室の中はある話題で持ちきりとなり、ホームルームが始まるまで皆がどこか浮き足立っていた。

いつもの日常とは違う、非日常。それが私たちのクラスにやってくるのだ。

「皆、おはよう。さて、早速ホームルームを始めたいところだが……」

担任の先生がドアをバタンと開けて入ってくる。皆が小走りで自分の席に戻る。

「皆もう知っているかもしれないが、今日はこのクラスに編入生がやってくる」

教室が小さくどよめく。

編入生。学生にとっては一大イベントだ。

「じゃあ、入って来て自己紹介をしてくれ」

先生の呼びかけに応じて、その編入生がおずおずと教室の中へ入ってきた。

体が強張《こわば》り、緊張していることが一目で分かる。おっかなびっくり、ゆっくりと、外の熱気のせいではない理由で額から汗を垂らしながら、その編入生は壇上に上がる。

「…………」

クラス中の視線が集まって、彼女はごくりと息を呑《の》む。

こんなふうに人前に出ることに慣れていないのだろう。体がかちんこちんに固まり、青い猫耳がピクピクと揺れ、尻尾の毛が逆立って太くなっているように見える。

無言のまま数秒。編入生は時間をかけて、早くなった呼吸を落ち着かせている。

やがて、彼女の口が開く。

「へ、編入生の……ア、アルティナという……いいます。よ、よろしくお願いします」

整備不良のからくり人形のように、ぎこちない動作でお辞儀をするアルティナ様。教室の中に拍手の音が響いた。

そうである。今日は勇者パーティーの新しい仲間、アルティナ様がこの学園に編入なさ

る日だったのである。新しく発見された聖剣イクリルを巧みに使い、新勇者と呼ばれている存在。そして同じ勇者のカイン様とヴォルフ様の幼馴染《おさななじ》みである彼女。

いつもボロボロの外套《がいとう》を身に纏《まと》っていた彼女が新品の制服を着て、この学園へとやってきたのだ。

衣服が変わるだけで印象もがらりと変わる。清潔な制服は彼女の美しさをよりキラキラと輝かせる。制服のスカートは特注で、尻尾を通すために穴が開いているらしい。

「…………」

「…………」

ちなみに、アルティナ様の自己紹介はさっきのあれで終わりだったようだ。

皆が続きの言葉を待っても、彼女は口を閉ざしたまま微動だにしない。名前を言っただけである。自己紹介にはちょっと物足りない。

「……あー、今日のホームルームは早めに終わらせるから、お前ら、アルティナさんと仲良くするよーに。あ、アルティナさんの席は一番後ろの、あそこな」

「は、はいっ……」

そして担任の先生は本当にぱっぱとホームルームを終わらせ、教室から去っていった。

一時間目までまだ時間がある。

その瞬間、クラスの皆さんがバッと動き出してアルティナ様の席に駆け寄る。まるで獲物を見つけた肉食獣のような機敏な動きだった。

「ねぇねぇ！　アルティナさんって聖剣を持ってる二人目の勇者なんだよねっ！」

「カイン様との決闘見たよー！」

「アルティナ様、すっごい強いんだねーっ！」

クラスの皆から勢いよく詰められ、びくっと体を震わすアルティナ様。彼女はこの学園街では、すでにある程度名前が知られていた。

きっかけは言わずもがな、カイン様とアルティナ様の決闘である。二本目の聖剣を手にした新しい勇者。そしてその話題の勇者は半獣人の綺麗《きれい》な美少女。街中で話題にならないわけがなかった。

「半獣人って初めて見るな。やっぱり視力とか聴力とか良かったりするのか？」

「ねーねー、どこ出身？　そこには半獣人がたくさんいたりするの？」

「新しい勇者様は、カイン様とどんな関係なの⁉　ライバル⁉　戦友⁉　それとも、それとも っ……⁉」

「え、えっ……えっと……」

興味津々のクラスメイトの皆様とは対照的に、アルティナ様はおろおろおどおどと慌てふためいていた。当然だ。最初の自己紹介を名前を言っただけで終わらせた彼女が、高いコミュニケーション能力を持っているはずがない。

いつだったか、カイン様が彼女のことを『俺らがいないとぼっち』って言っていたし。

「凄《すご》いよねぇ！　二本目の聖剣！　本当に本物の聖剣なんでしょ⁉　もうこりゃ人類が勝ったも同然なんじゃない⁉」

「俺、その決闘直で見たけど、ほんと凄かったぞ！　聖なる魔法がすっごい力で、アルティナさんがビュンビュン試合場を駆け回って……俺、全然目が追い付かなかったんだ！」

「見えてなかったんじゃーん！」

「あの、えっと……」

テンションの高い周りのクラスメイトと違って、アルティナ様はあわあわと戸惑うばかりだ。……なるほど、あれが大勢に囲まれた時のアルティナ様の姿か。

新勇者として私たちと敵対していた時はもっと凛《りん》とした様子であったが、同年代の友人というものにどう接していいのか分からないようであった。

哀れ……。田舎暮らしのコミュ障の少女よ。

ちなみに私は彼女のことを『アルティナ様』と呼ぶようになった。今までは『アルティナさん』と呼んでいたが、彼女が勇者メンバーに入ること、そして学園に編入することから、呼び方を変えていた。

私の中で明確な基準はないけれど、基本、私は学園生の皆様に対して『様』を付けて呼ぶ。勇者パーティーの皆様もだ。後は、明確に立場が上の人などなど。

その他、外部の人は『さん』付けが多かったりする。その中でも『様』を付ける人もいるけれど、特に決まりはなく、ケースバイケースである。

そんな感じで、私の中で『アルティナさん』は『アルティナ様』に昇格した。

「はいはい、皆様。質問攻めは遠慮してくださいませ。アルティナ様が困ってらっしゃいますわ」

「ルナ様……」

ヒートアップするその場を収めに入ったのは、私の親友のルナ様だった。薄茶色の髪を編み込み、今日も凛としていらっしゃる。こういうのも風紀委員の仕事として慣れていたりするのかな。

「ごめんなさいね、アルティナ様。編入生の登場は、どうしても一大イベントになってしまいますので……」

「う、うん……ありがとう、助かったよ。えぇと……」

「申し遅れました、わたくしはシルヴェルス侯爵家の長女、ルナ・アスク・シルヴェルスと申します。これからなにとぞよろしくお願いいたしますわ」

「あ、うん……ボクはアルティナ。よ、よろしく……」

ルナ様が貴族然とした優雅な挨拶を口にする。さすがは侯爵家令嬢。流麗で美しい所作に、アルティナ様が少し気圧《けお》されてしまっていた。

「ぐふふ……チケット代に賭けのテラ銭に勇者関連のグッズ……あの日はすっごく儲《もう》けさせてもらったっす」

「あの決闘、冒険者ギルドが主催したようなもんやからなぁ。ガッポガッポ、ふところウッハウッハやったやろ」

「ぬふふ……お小遣いも弾んでもらったっす」

「ええなぁ、今度なんか奢《おご》ってや」

「ちょっとくらいだったら全然オッケーっすよ、アデライナっち。なんせ今うちは財布にも心にも大きな余裕があるっすから！」

少し離れた場所で目にお金のマークを浮かべ、口元をだらしなく緩めてアデライナ様と話しているのはサティナ様だ。サティナ様の父親は冒険者ギルドの館長であり、この前の決闘イベントを主催した張本人である。相当な額を稼いだのだろう。

アルティナ様の猫耳がピクリと動く。半獣人は耳がいい。その会話を聞き逃さず、サティナ様に恨みがましい視線を送っていた。

そりゃそうだよね。彼女にとって相当の覚悟をもって挑んだ決闘を、お祭り騒ぎにされちゃったんだもんね。ジワリと感じるプレッシャーにサティナ様が慌てる。

サティナ様はアルティナ様の方におずおずと近づいていった。

「い、いやぁ！　申し訳ないっす！　アルティナ様！　うちも商売なもので……お金の話には目がなくて……」

「……まぁ、冒険者ギルドが慈善事業ではないことは理解しているつもりだよ」

「そう言ってもらえると助かるっす！　うちは冒険者ギルド館長の娘、サティナっす。これからもどうぞ御贔屓《ごひいき》にっ……！」

サティナ様は顔の前で手をこすり合わせながら、アルティナ様に挨拶をする。ルナ様とは対照的な挨拶となった。

「アルティナ、アルティナや。今こやつと遊びに行ったら、いろんなもんぎょーさん奢ってもらえると思うで？　たかって搾り取るチャンスや！」

「……いいの？」

アデライナ様がアルティナ様に悪だくみを持ちかける。

「も、もちろんっす！　今回の稼ぎは当然、全面的にアルティナ様のおかげっすから！　な、なんでも奢るっすよ！　常識的な範囲で。常識的な範囲でっ……！」

「なんでも、やないやん」

焦るサティナ様に、からからと笑うアデライナ様。アルティナ様がクラスメイトと遊ぶ約束を取り付けた。

「………」

遠くにいるカイン様のほっとする様子がここから見て取れた。彼とアルティナ様の付き合いは長い。彼女が人見知りすることは当然知っており、そのためにクラスに馴染《なじ》めるかどうか心配していたようだ。

でも滑り出しは上々。カイン様やシルファ様、メルヴィ様のような勇者パーティーの仲間同士の繋《つな》がりではなく、クラスメイトの中に新たな繋がりを作り始めている。そのことにカイン様は安堵《あんど》しているようだった。まるで子供が学校に馴染めるかどうか心配する母親のよう……なんて茶化したら怒るだろうなぁ……。

「…………」

しかし、心配そうな顔のまま体を強張《こわば》らせている人物が一人いた。

──それは他ならぬアルティナ様本人だった。

「……ねぇ」

「……はい？」

「皆は……半獣人のボクが気味悪くないの……？」

アルティナ様が心配そうな表情で顔を上げる。戸惑いと不安と緊張、それらの感情が入り混じった瞳で、今日初めて出会ったクラスメイトたちのことを見上げていた。

半獣人は獣人と人間の両方の血が混じっている種族である。言い換えれば、魔族と人族のどちらの血も受け継いでいる存在だった。

両方の特性を持っているため、どちらにも受け入れられにくい。人族領にも魔族領にも居場所がない少数種族。悲しいことに、常に差別や迫害の対象であったと歴史書は語る。

ついこの前、背中に傷を負った時に、彼女は病院にも行けなかった。病院で麻酔を打たれて眠ってしまったら、どうなってしまうか分からない。そのまま奴隷として売られてしまうかもしれない。そんな恐怖と戦い続けなければいけないのがアルティナ様だった。そうやって彼女は孤独の中で生きてきた。しかし……。

「大丈夫ですよ、アルティナ様」

「え……？」

ルナ様はにっこりと優しい笑みを向ける。

「この学園街の懐《ふところ》はとっても深いのですわ」

「………」

「この学園は留学生の受け入れにも力を注いでいましてね、さまざまな国の人間や、いろいろな思惑を抱えた種族の人たちが集まってきていますの。アルティナ様の想像以上に、多種多様な人たちが交じり合って一緒に暮らしている街なのですわ」

ルナ様の言う通り、この学園街にはいろいろな人が集まってくる。肌の色、髪の色は多彩で、生まれ育った文化も多種多様だ。

大手冒険者ギルドの存在もその傾向に拍車を掛けており、人種どころか、さまざまな人生経験や人生のポリシーを持った人たちが街の外からやってきている。

「この街で生まれ、ずっと暮らしてきたわたくしが断言いたします。半獣人だからという理由でアルティナ様を迫害しようなんて人、この街にはいません。……いたとしても、本当にごく少数ですわ！　そんな人たちは大手《おおで》を振ってこの街を歩けません！」

ルナ様が自信を持ってそう答える。彼女はこの学園街で生まれ育った。その街への誇りが彼女の胸の中で燦然《さんぜん》と輝いていた。

「そ、そうかな……そうだといいな……」

アルティナ様が少しの期待に頬を染める。生まれてずっとこの街で育ってきたルナ様の主張は力強く、堂々としていた。疑い深いアルティナ様が本当にそうだといいなと言うほど、ルナ様の言葉は彼女の心に染み入っていた。

「……ていうか少数種族ならさ、うちの学園、エルフのフィーミメリア様がいるしね」

「そうそう」

「えっ⁉　エルフいるの、この学園っ……⁉」

アルティナ様が目を大きく見開いて驚きを露《あら》わにする。エルフは半獣人よりも希少な種族だ。分類としては亜人《あじん》と呼ばれ、魔族よりも人族に近い種族である。

しかも人間と交流を持とうとせず、森の奥に結界を張って自分たちの種族だけでひっそりと生活をしているらしい。人族領の森のどこかにはいるが、しかし誰も見つけられない。そんな伝説めいた種族、それがエルフだった。

「しかしっすね、この学園の現生徒会長がなんでか知らんすけど、エルフの森に迷い込んじゃって、そのままエルフの信頼を勝ち取ってきちゃったんすよ。今この学園はエルフの森と留学生の交換交流をしているっす」

「なっ……それって、と、とんでもないことじゃないかいっ⁉」

「うちの生徒会長、根っからの人たらしなんすよねぇ～。しかも無自覚で、ナチュラルに。生徒会に用があるときは気を付けた方がいいっすよ。そのフィーミメリア様が会長の魅力にやられた張本人っすから」

「………………」

アルティナ様は唖然《あぜん》として口をあんぐりと開けていた。

エルフの森を発見し、そのエルフから信頼を得て、交流を持つに至った。うちの生徒会長は紛《まご》うことなき英雄である。

世の中で今、英雄や勇者といったら皆カイン様のことを思い浮かべるけれど、うちの生徒会長も歴史に名を刻む英雄であることは間違いなかった。

正直言ってしまうと、エルフの前では半獣人の存在も霞《かす》んでしまうのであった。

「……ふふっ」

しばらくして、アルティナ様が小さな笑い声を上げた。

「半獣人だからって悩んでいたのが、バカみたいだ……」

自嘲気味に、しかしどこかおかしげな様子で彼女は笑みを零《こぼ》していた。

「そうやなぁ。まっ！　小さいこと気にすんなや！」

「小さいこと……」

何もしていないアデライナ様が偉そうに語る。

「小さいことかぁ……」

しかし言われた本人であるアルティナ様はどこか嬉《うれ》しそうに、その言葉を自分の口で繰り返し呟《つぶや》いていた。

「ふふっ……」

今までの悩み、苦悩、孤独……。それが小さいことだと、あっさり斬り捨てられる。それを楽しそうにアルティナ様が噛《か》みしめる。

やっぱりあの時、彼女がこの街を出ていくようなことにならなくて良かった。

もう彼女が孤独になることはないだろう。

この街は彼女の来訪を祝福しているのだった。

第58話　【現在】仁義なき女子会

思わず生唾を飲み込んでしまうほど、彩り豊かで美味しそうなスイーツが目の前いっぱいに広がっている。瑞々《みずみず》しい苺《いちご》の載ったショートケーキ、弾力がありつつも今にもとろけてしまいそうな艶《つや》のあるプリン、たくさんのフルーツと生クリームが盛りつけられた大きなパフェ。

これら全てが食べ放題なのだという事実に思わず胸がときめいてしまう。

「おぉっ！　これは凄《すご》いボリュームだな！」

「ですです！　どれもこれも美味しそうで……迷っちゃいます♪」

一緒に来たシルファ様やメルヴィ様も、このお菓子の迫力に歓声を上げる。

今日私たちは女子会を行うため、今学園街で人気のスイーツバイキングの店にやってきていた。華やかにいろいろな装飾が施された華麗な店内は、可愛いもの好きの女性の心をくすぐる。

「迷うことはないわよ、メルヴィ！　片っ端から全部食べ切ってしまえばあたしたちの勝ちよ！　腕が鳴るわ……」

「いや、それはカロリー凄《すご》いことになるんじゃないかな、レイチェル？」

「……ってアルティナ様も取り過ぎじゃありません⁉　お皿にケーキの高い山が出来上がっていますわ⁉」

「い、いやぁ……やっぱり、どれもこれも美味しそうで……」

早速わちゃわちゃと楽しげな様子を見せる皆様。店中に甘い香りが漂っていて、乙女のお腹《なか》はもう臨戦態勢。色とりどりのスイーツの宴《うたげ》が始まろうとしていた。

「では……アルティナ殿の勇者パーティー加入を祝って……」

「かんぱーい！」

おのおの持ってきたドリンクのグラスをキンとぶつけ合う。

今日の女子会の参加者は、主に勇者パーティーのメンバーである。私、シルファ様、メルヴィ様、レイチェル様、そして新入りのアルティナ様である。それと、シルファ様の妹の第三王女、リミフィー様もお誘いしていた。

今日行われるのは、アルティナ様の歓迎会を兼ねた女性だけのサバトであった。

「ではでは、不躾《ぶしつけ》ながら早速お尋ねいたしますがっ……！」

「おぉ！　いけいけリズっ！」

不肖《ふしょう》わたくしめが挙手をして発言する。

「アルティナ様は……あれからカイン様とはどうなりましたか？」

「ぶっ……!?　げほっ、げほっ……！」

いきなり話を振られるとは思っていなかったのか、アルティナ様がむせる。でもこの話の流れは誰だって予想できたものだ。……というより、今日はその話を聞きに来たと言っても過言ではない。

「ど、どど、どうって……」

むせた息を整えながら、アルティナ様が動揺する。しかし逃げ場はない。逃がしやしない。興味津々、爛々《らんらん》と輝く五人の瞳がアルティナ様一人に向けられていた。

「え、えぇっと……どうって……どうって言われても……」

「…………」

「…………」

「……えへへ」

照れるような声を発して、恥ずかしそうに頬をぽりぽり掻《か》きながら、アルティナ様がここに並ぶどのスイーツよりも甘い笑みを作る。

「ぐはぁっ……！」

「お、乙女だ……」

それだけで私たちの胸にずきゅんと閃光《せんこう》のようなときめきが走り、大体今お二人がどんな感じか察することができた。

「こ、恋人の関係って……今までの関係とは、ぜ、全然違うんだね……。ボ、ボク驚いているよ……」

「全然違うとは……？」

「デ……デデ、デートの時とか……あのカインが優しくエスコートしてくれたり……力強く手を握ってくれたり、服装を褒めてくれたり……」

この店に並べられている熟《う》れたリンゴよりも頬を真っ赤にしながら、恥ずかしそうにもじもじと肩を揺らす。

「でもでも、カイン様ってデートの時はいつも普通に紳士的ですよね？」

「そうだな、男らしくしっかりエスコートしてくれるな」

「そ、そういうカインは……ボクの知らないカインだったんだよぉっ……！　いつも憎まれ口たたき合ったり、バカ話ばっかりしてたから……」

メルヴィ様とシルファ様が当然のようにそう語るが、デート時のカイン様の姿はアルティナ様には新鮮だったようだ。

それもそうか。シルファ様とメルヴィ様は初めから婚約者としてカイン様と接してきたが、アルティナ様は全然違う。幼馴染《おさななじ》みの関係と恋人の関係。そのギャップに戸惑っているのだろう。

「デートの時のカインってこんな感じなんだぁ……って、思い出すたびに……え、えへへ……えへへへへ」

いや、戸惑うというにはあまりに頬が緩み切っていた。今、彼女は幸せの絶頂にいるのだ。小さい頃からの恋心……長年隠し続けてきた好意の感情は見事に花開き、その最も甘い蜜を堪能している真っ最中だった。

「傍《そば》にいられるだけでも幸せなのに……ちゃんと気持ちが伝わって……え、えへへ。し、しかも……それ以上のことが……」

「それ以上のこと？」

「…………」

アルティナ様の顔がさらに真っ赤になる。それは今までの清らかな甘いお付き合いの話ではないようで、もっとこう……より深いところの話のような……。

「え、えぇっと……それ以上の刺激……男女の刺激が、その……凄《すご》くって……」

「セッ○スですかっ⁉」

「わっ……⁉」

思わず身を乗り出して尋ねてしまう。

「セック○してらっしゃるのですね！　カイン様と！　どんなプレイがお好みですかっ⁉　やはり最初は優しく⁉　それとも激しくっ⁉　もしかして最初から特殊なプレイをなさっていたり……⁉　私、アルティナ様には前々からマゾの素質があると思っていたのですよっ！　もしよろしければ、私めが優しくねっとりと手ほどきをさせていただきますが、いかがでしょうか……!?」

「え、え……えぇっ……!?」

「こら、リズ。暴走もほどほどにな」

「そうですよー、リズさん。ここは公共の場ですよー」

「まだ小さいリミフィニアもいるのよ。戻って来なさい、バカ」

「ハッ……!?」

レイチェル様にスパンと頭を叩《たた》かれ、私は正気に戻る。

「今私は何を言って……何をしてっ……!?」

シルファ様、メルヴィ様、レイチェル様の三人が慣れた手つきで私を縄でぐるぐる巻きにして、椅子に括《くく》り付ける。

「ち、違うんです……！　これは何かの間違いなんですっ！　このスイーツバイキングの甘い香りが、私を何か変な興奮状態に誘って……」

「はいはい」

「スイーツバイキングのせいにするのはやめなさいねー」

「ア、アーーーッ！」

私は汚い叫び声を上げるしかなかった。

「…………」

「引かないで！　アルティナ様っ……！」

彼女は顔を赤らめつつ、椅子をちょっと横にずらす。少しでも私から距離を取ろうとする様子がとても悲しかった。

「ふむ……話題を変えるか」

「ですです。それがいいですね」

顔を真っ赤にしているアルティナ様とリミフィー様とは対照的に、シルファ様とメルヴィ様とレイチェル様は全く動じていない。なんだかこういった内容の会話に慣れているようだった。……勇者パーティーの皆さんって、普段下ネタとか話すのかな？

「あっ、じゃあ話変えるなら、ボク気になっていたことがあるんだけど……」

「おっ、何かしら？　アルティナ？」

アルティナ様がおずおずと手を上げ、新しい話題が提供される。

「うちのヴォルフがリミフィニア様を狙っているとか狙っていないとか……ロリコンになったとかならないとか、そのせいで警察のご厄介になっているとかいないとか、いろんな話を聞いているんだけど……そこのところどうなの？」

「あっ、はい！　ヴォルフ様とはとても仲良くさせていただいております！　アルティナ様はヴォルフ様の幼馴染《おさななじ》みなのですよね？　お世話になる機会も増えると思いますので、今後ともどうぞよろしくお願いいたします！」

「え、えっと……う、うん……」

リミフィニア様――愛称リミフィー様が満面の笑みでアルティナ様にご挨拶をし、アルティナ様の問いを否定しない。しかしアルティナ様の話には重大な間違いがある。実際には逆なのだ。リミフィー様がヴォルフ様に猛アタックを仕掛けており、ヴォルフ様は虚《むな》しい抵抗を続けているだけであるのだ。

「アルティナ様、あのですね……」

一応念のため、私は客観的で正確な情報を彼女に伝える。

ヴォルフ様が数年前、リミフィー様を劇的に助けたこと。そしてリミフィー様が恋に落ちたこと。奇遇にも、最近再会したこと。リミフィー様がヴォルフ様を落とそうと猛烈なアタックをするたびにロリコンの疑いを掛けられ、天使の警察官のご厄介になっていることなどをお話しした。

リミフィー様はシルファ様の妹で、この国の第三王女。当然最高の地位におられる方であり、ヴォルフ様とは大きな身分差がある。それをなんとかしようと、彼女は日夜策を巡らし、努力をなさっているのだった。

「あははっ！　あのバカも苦労してるんだねっ……！」

何度も拘束されたり連行されたりする幼馴染《おさななじ》みの悲しい苦労話を、アルティナ様は楽しそうに笑って聞いていた。

「そこまではあたしも知ってるのよ。で？　最近はどうなの？　何かあったりした？」

「はいっ！　レイチェル様！　ついこの間、大きな進展がありましたっ！」

「おっ……！　やるじゃない！」

リミフィー様がぐっと握りこぶしを作りながら、話を続ける。

「この前、王城で勲章授与式があったのですが……」

王国の勲章授与式。その式典には私も出席した。

内容は王族親衛隊隊長ブライアンによるリミフィニア王女誘拐からの救出、そして同人が起こした謀反《むほん》の鎮圧。その両問題の解決に大きく貢献したとして、私とヴォルフ様が王国から勲章を授与されることとなったのだ。

ただ、その式典自体は非公式なものとなっていた。王女の誘拐という重大な犯罪が城の親衛隊の者によって行われ、謀反が計画されてしまった。その事件は王国にとって大きな不名誉であり、外には漏らせないものであった。

なのでその事件を包み隠しつつ、事件解決の貢献者にこっそり勲章と褒美を与えるという非公式の式典が行われたのだった。

その場を利用して、リミフィー様は大きく攻勢に出る。

「お父様とお母様に『ご挨拶』をしてきたのです。ヴォルフ様と一緒に……」

「え……？」

「ご挨拶……？」

その場がざわつく。

皆のお察しの通り、『ご無沙汰しております』みたいな形式だけの挨拶ではなかった。一人の女性が、意中の男性を親族に紹介する……そういったとても重い意味のこもった『ご挨拶』であった。

そう、それは式典前の顔合わせのような時間だった。リミフィー様のご両親――この国の国王様と王妃様に面会を果たしつつ、式典の事前打ち合わせ、取り決めなどを話していた時のことである。

「わたくし、両親に宣言してきました。『わたくしはこの方、ヴォルフ様との婚約を考えております っ……！』とっ！」

「うわぁ……」

「重たいパンチね……」

娘の高らかな宣言を聞いた瞬間、国王陛下の体がぴしりと固まって動かなくなってしまったのが印象的だった。

しかもその場には彼女の両親だけでなく、左大臣、右大臣、国家の中枢たる偉い方々が集まっていた。そんな時にリミフィー様の決意を聞き、場は混乱に陥った。

その時のヴォルフ様の呆然《ぼうぜん》とした表情が今でも忘れられない……。目を見開き、驚きを露《あら》わにしつつ、口から魂が抜け出してしまっていた。

「そして勲章授与式の当日では……うふふ♪」

「ま、まだあるのかい……？　何をしたの……？」

リミフィー様の策謀はそこで終わらなかった。目の前の小悪魔に戦々恐々としつつ、アルティナ様が尋ねる。

「こう、ヴォルフ様に勲章を授けた時に同時に……彼の頬にキスを……」

「お、おおぉっ……！」

「凄《すさ》まじいですね」

その時のことを思い出したのか、リミフィー様は頬を淡く桜色に染めながら、可愛らしく照れた姿を見せている。

しかしやっていることはえぐい。えげつないのだ。

非公式とはいえ式典の場で大胆な行動に出る。リミフィー様はどこの馬の骨とも知れないヴォルフという男に強い愛情を抱いている。彼女の過激なアタックによって、その構図は明確に決定づけられた。

それは国家としての認識となった。その意思をリミフィー様自身が周囲に知らしめた。今後リミフィー様にも婚約話などが出てくるだろう。しかし彼女は先手を打つことで、周囲の大人たちを牽制《けんせい》したのだ。

大勢の人の前でキスまでした以上、ただの小娘の気の迷いと片付けるわけにはいかない。今後、国家の重鎮たちはリミフィー様の婚姻について頭を悩ませることになるだろう。

「じゃまもの《アンゼル》がいなかったので、やりたい放題でした！」

「こら、リミフィー。さすがに実の兄様《お兄様》を邪魔者呼ばわりはやめてあげなさい」

楽しそうに当時の様子を語るリミフィー様と、妹を窘《たしな》めるシルファ様。

「アイナ師匠が言っていたのです。『外堀は埋められるだけ埋めまくれ！』って！」

「あぁ……アイナ様の教えだったのですね……」

アイナ様。私たちの同級生である。彼女は一時期、学園内の派閥作りに必死になっていたことがあり、そのため男性を落とす手練手管《てれんてくだ》に長《た》けた女性であった。

以前パジャマパーティーをした時、彼女のその高い技術に惚《ほ》れ込み、リミフィー様はアイナ様の弟子になった。

あれから私たちは二人に関与していなかったが、まだ師弟関係は続いているようで、リミフィー様はさまざまな技を身に付けているみたいだった。

アイナ様……あなたの弟子は優秀ですよ……。

そんな優秀な弟子の知略と策謀により、ヴォルフ様の逃げ場はどんどんなくなっていく

のだった。

「哀れな奴だね、ヴォルフ……」

「そうですね……」

なんだろう。客観的に見ればとんでもないほどの逆玉《たま》の輿《こし》で、羨ましがられる立場にいるはずなのに、なぜか彼に同情の気持ちが湧いてくる。

なんだか少し空気が重い。とびっきり甘いはずのスイーツがほろ苦く感じる。

強く生きてください……ヴォルフ様……。

「……それで、レイチェルは最近どうなんだ？　ミッター殿との仲は？」

「あっ、あたしぃっ……!?」

急に話が飛んできて、戸惑うレイチェル様。肉食系女子に育ち切った妹から目を逸《そ》らし、シルファ様は強引に話題を変えるのだった。

「え、えっと……あたしは……」

「うんうん」

「……この前、ケンカした」

たった一言で、レイチェル様の様子がどんよりと沈む。

「もうだめだぁ……あたし、嫌われたんだぁ……」

「え、えぇっと……？」

「レ、レイチェル様？」

「あたし、女子力ないし……ミッターに愛想つかされちゃうんだぁ……」

レイチェル様が肩を落とし、暗く、重苦しい雰囲気を纏《まと》う。そんな彼女の姿を見て、アルティナ様とリミフィー様がおろおろと戸惑う。いつもの自信満々ではきはきとした彼女の姿しか知らない二人は、このレイチェル様の様子に動揺を隠せずにいた。

しかし、レイチェル様は恋愛クソ雑魚《ざこ》生命体なのだ。恋愛ごとのトラブルが起こると途端に自信をなくし、この世の終わりのような様子でしくしくと泣く。

カイン様は、元々恋愛ごとに疎《うと》かった彼女が、惚《ほ》れた弱みによってあのようになってしまっているのだと言う。

「ぐすっ……あたし、生意気で、つい口も悪くなっちゃうから……嫌われて当然よね……。あたしより女の子らしい子、ミッターの周りにたくさんいるもんね……ぶえええええええええぇぇぇぇぇぇんっ……」

「まぁまぁ、落ち着けレイチェル。ミッターなら大丈夫さ」

「そのその、そうですよ、ミッター様はレイチェル様に一途ですよ」

「ぞんなの分がらないいじゃないぃぃぃっ……！」

ヂーーーンと鼻をかむレイチェル様。

「ほら、アルティナ殿が良いアドバイスをくれるそうだぞ？」

「ボ、ボクぅっ……!?」

シルファ様の無茶振りに、アルティナ様が慌てふためく。

「ム……ムム、ム……ムリっ！　分からないよ、アドバイスなんてっ！　皆も知ってるだろ!?　ボクが恋愛弱者だって！　カインと付き合えているのだって、なんかよく分からない成り行きだったし……！」

ぶんぶんと手を振りながら、腰が引けるアルティナ様。まぁ確かに、短い付き合いだが、アルティナ様が恋愛強者のようには全然見えない。

「リミフィーは……何か上手くいくようなアドバイスはないか？」

「あーーー、えっと……申し訳ありません。ケンカの仲直りについて、今度アイナ師匠にアドバイス伺ってきます！」

リミフィー様が主に教わっているのは、恋愛の攻め方についてのようだ。守り方とか、付き合った後のこととかはまだ教わっていないのだろう。

となると……私は残ったシルファ様とメルヴィ様に目を向けてみる。私の視線に気づいたのか、お二人と目が合う。

「私たちにアドバイスを求めても無駄だぞ、リズ。いつも通り、相変わらず私たちは恋愛弱者だからな」

「でぇです。わたしたちにアドバイスを求めても不毛です」

そういえばお二人から聞いたことがある。お二人は国や教会の都合でカイン様の婚約者となったため、自分の力で恋愛を勝ち取ったわけではないのだと。カイン様との仲は良好だけれど、それは自分の努力によって手に入れたわけではないということを。

それでもお二人は開き直って堂々としておられた。

勇者パーティー、恋愛弱者しかいねぇっ……！

よく今まで平穏無事にやってこれたな！

……けれど、泣きじゃくるレイチェル様に一切動揺していないのもこの二人だった。

「ま、レイチェルのこの状態はいつものことだ。今回も大丈夫だろう」

「ですです。よくあることなので、今回もミッターさんが上手くやりますよ」

お二人は慣れたご様子で、スイーツをぱくぱくと食べていた。何の不安も感じていない。レイチェル様の爆弾処理の役目は、彼氏であるミッター様の役割のようだった。

「上手くやるって……具体的にはどうやって？」

「それは……えぇっと……」

今後の参考にするつもりなのか、アルティナ様が質問をする。それに対してシルファ様とメルヴィ様が少し言い淀んだ。

「……まぁ、いろいろあるらしいんだ。デートをしたり、口説き文句を口にしたり、プレゼントを贈ってみたり……」

「それと……そのその……アレです。アレなんです……」

メルヴィ様が頬をほんのり赤く染めながら、勿体《もったい》を付ける。

「なんといいますか……男女の深い仲を確認し合うといいますか……」

「セ○クスですかっ……!?」

「わっ……！」

私は縄を抜け出し、身を乗り出した。

「○ックスするんですね！　そうですよね！　男女の仲を確認し合う最大で最高の方法と言ったら、やっぱりセッ○スですもんねっ！　仲直りにも最適っ！　男女の関係の修復に最も確実で手堅い方法ですものね、セ○クスは！　何かの文献で見たのですが、カップルの幸福度というのは『性行為の回数－ケンカの回数』という単純な引き算で表されるらしいのです！　つまりっ！　たくさんたくさんエッチをすれば皆ハッピー！　やはりっ！　エッチをたくさんすることこそが、あらゆる恋人たちを幸せに導いてっ……！」

「こらっ！　リズ、止まりなさい！」

「小さい子の前ですよっ！」

「ハッ……！」

私は正気に戻った。

「ち、違うんですっ……！　これは何かの間違いなんです！　ス、スイーツの……スイーツの魔力が男女の甘い関係に紐《ひも》づいてっ……！」

「はいはい」

「スイーツにそんな魔力はありませんからねー」

「アﾞアーーーッ！」

　再び私はシルファ様とメルヴィ様の手により、より厳重に縄でぐるぐる巻きにされたのであった。

「ち、ちなみにリズはどうなんだい……？　何か恋愛話とかあるのかい？」

「私ですか？」

　椅子に縛り付けられている哀れな罪人の私に、アルティナ様が話題を振ってくださる。

……とはいってもなぁ。私は、なぁ……。

「……私は特に何もないですね。恋愛事には縁がなくて」

「ふーん、そうなの？　リズはモテそうなのにね」

「あはは……告白は、されないこともないのですが……ピンとくる方はおらず、お断りさせていただいております」

「ふーん」

　そんなふうに当たり障りのない返答をしておく。

　しかし……そんな私をリミフィー様がじっと眺めていた。

「あ、あの～……リズ様？」

「なんでしょう？　リミフィー様？」

「ええと、その……間違っていたら申し訳ないのですが……、リズ様はカイン様のことをお慕いなされているのではないのでしょうか？」

リミフィー様がおずおずと、自信なさげに聞いてくる。しかし、それは図星だった。

「…………」

一瞬、反応を返せなくなる。額から汗がたらりと垂れ、どう答えたらいいのか戸惑ってしまう。

「こら、リミフィー」

「え？　あっ、すみません、お姉様。聞いてはいけないことでしたでしょうか？」

別に聞いちゃいけないなんてことないが……まさかリミフィー様に察せられているとは。この反応からすると、シルファ様も気付いていたっぽいし。

……私って案外分かりやすかったのだろうか？

いったん落ち着くためにコーヒーを一口……飲みたかったが、縄で縛られていて動けない。小さく深呼吸をして、私は口を開いた。

「……確かに私は彼に惹《ひ》かれている自覚はあります」

「え……えええぇぇっ⁉　そうだったのかいっ⁉　それなのにリズはボクの世話を焼いて

いたのかいっ……!?」

「…………」

大きく驚きを露《あら》わにするアルティナ様。しかし逆に言うと、メルヴィ様やレイチェル様など、それ以外の方が驚いている様子はなかった。

……私ってかなり分かりやすい方だったのかな？　なんだかちょっとショックを受けた。

「ですが……」

私は息を整える。

「ですが、カイン様と私では全く釣り合いが取れません。この想いが届くことはないでしょう……」

「釣り合い……？」

「はい。カイン様は世界的に活躍されている勇者様。それに対して私はただの一学生。誰がどう見ても釣り合うはずがないでしょう」

「…………」

「…………」

私がそう語ると、その場に重苦しい沈黙が流れた。

せっかくの楽しいスイーツバイキングをこんな空気にしてしまって申し訳ない。しかし、私の言うことは絶対に正しいはずなのだ。

カイン様は凄過《すご》ぎて、強過ぎて、私には恋する資格なんてないのだ。

「そ、そそ、そんなことないですよ！　あ、諦めちゃダメですっ……！」

「そ、そうだよっ！　ボ、ボクに手伝えることがあったら何か言ってくれ！　何を手伝えるかとか全然分からないけど……恋とかそういうのって、釣り合う釣り合わないいじゃないと思うんだっ……！」

「アルティナ様の言う通りです！　大事なのはハートです、ハート！」

「ありがとうございます、リミフィー様、アルティナ様」

二人が全力で私を励ましてくださる。それはとってもありがたい。

「ありがとうございます、皆様……」

しかし、私の考えは変わらなかった。

「でも私は、遠くから彼を見守るだけで満足なのです」

「…………」

「…………」

寂しさが表情に出ないように、ぐっと堪《こら》えて笑顔を作る。

シルファ様をはじめ、全員が戸惑いの表情を見せている。しかし私は間違っていない。

私の選択はこれで合っているはずなのだ。

私とカイン様の関係は、今のままで十分なのだ。

片腕だけ縄の拘束から抜け出して、口に入れた甘いはずのイチゴは、どうしてかどことなくほろ苦かった。

＊　＊　＊　＊

星が輝く、その日の夜。

あるホテルの一室に、四人の女性が集まっていた。メンバーはリズを除いた勇者パーティーの女性たち。シルファ、メルヴィ、レイチェル、アルティナの四人だ。

シルファが長期滞在しているホテルの一室に集まり、この四人で女子会の続きを開いていた。リズには内緒で、である。

「えええええええぇぇぇっ……!?　じゃあ、リズは本当は……この勇者パーティーの本当のメンバーだったのかい!?」

「しかもただのパーティーメンバーじゃないぞ？　カイン殿の一番最初の仲間で、実力でも我ら勇者パーティーのナンバー2だったんだ」

そこでシルファたちは初めてアルティナにリズの事情を説明した。かつて勇者パーティーの仲間であったこと、シルファ、メルヴィと同じくカインの恋人であったこと、しかし魔王との戦いで大きな傷を負い、今は記憶と力を失っていること。

全ての情報がアルティナに共有された。

「すまなかったな、説明が遅くなった」

「ま、まぁ、ボクも編入手続きとかで忙しかったし……でも、驚きだよ」

アルティナは目を丸くして、まだ驚きから抜け出せないでいる。

リズという女性……。確かに『空間歪曲魔法《くうかんわいきょくまほう》』というとんでもない魔法を使ったり、いろいろと場をかき乱したりしていて只者《ただもの》ではないと思っていたが、まさかそんな重大な秘密を抱えていたなんて。

「じゃ、じゃあ……リズが時々おかしくなるのって……」

「あれが彼女のサキュバスとしての本性だ」

「大変ですよ……何もかも吹っ切れたリズさんに振り回されるのは……はは……」

経験者たちは一様に遠い目をする。

皆、リズのことは大好きだし、信頼もしている。早く元気になって元に戻ってほしいと心から願ってもいるが、それはそれとして、今までの苦労は大したものではなかったとは口が裂けても言えなかった。

「でも、リズ……今日……」

「そう、そこが問題なのだ」

今日の恋バナで、リズは身を引くような発言をしていた。

記憶が戻っていないのだから、世界的な勇者であるカインとの間に壁を感じてしまうのはしょうがないのかもしれないが、それでも本来リズとカインは恋人同士なのだ。

シルファとメルヴィは相変わらずカインと仲良くやれている。アルティナはリズのおかげで長年の恋を成就させることができた。

その中で、リズだけが割を食っている。

長年旅をしてきた仲間にとって、なんとかしてあげたい問題であった。

「リズの恋を応援しようと思うのだが、どうだろうかっ！」

「ですですっ！　わたしもそれがいいと思います！」

「カインも寂しがっているしね。あたしも一肌脱いでやるわ！」

「ボ、ボクも手伝うぞ！　リズにはいろいろ世話になったしね！」

女の友情が輝く。同じパーティーの仲間同士……そして同じ男性を愛する者同士、一人だけ仲間外れを作るわけにはいかなかった。

「リズとカイン殿の恋を応援するぞーっ！」

「おーーーっ！」

こうして仲間たちによるお節介が始まろうとしていた。

第59話　【過去】女子会（闇）

「さ～て！　今日は一日中街を歩き回って、お宝を集めてきました～っ！」

「お、おう……」

　ここはホテルの一室。

　勇者パーティーの女性陣、リズ、シルファ、メルヴィ、レイチェルの四人が集まり、女子会を開いていた。

『お宝』……。

　それは一般的には金銀財宝のことを指す。勇者パーティーのメンバーである彼女らも、たくさんのダンジョンを踏破し、たくさんの敵を打ち倒し、さまざまな価値のあるお宝を山ほど手に入れてきた。しかし今日のリズが言う『お宝』は一般的なお宝とは様子が違った。シルファたちは若干引き気味に、リズの持つ紙袋をじっと眺めている。

「それでは、お宝の御開帳～～～！」

「う、うわぁ……」

「……生々しいわね」

リズが紙袋から『お宝』を取り出し、それをテーブルの上に広げ始める。それを見て、仲間の皆は顔が引きつる。

その『お宝』は、いわゆる『大人のおもちゃ』と呼ばれるものであり、男女の夜の情事に用いられるアイテムを示していた。オナニーホール、ローション、ディルド、魔導式振動バイブ、魔導ローター……各種さまざまな用途の大人のおもちゃが並べられていく。今日の女子会は、リズが買い漁《あさ》ってきた大人のおもちゃ鑑賞会だった。

「そ、そのその……これってあれですよね。魔力を込めると振動したりピストン運動するっていう……わわっ!? 結構激しく動くんですねっ……!」

メルヴィが恐る恐る『魔導式振動バイブ』を手に取り、魔力を込めてそれを起動させる。普通の男性には不可能な動きをバイブが可能にしていた。

「オナニーホールってあれよね……。男の人が使うっていう……わっ、中って結構イボイボになってるんだ」

「ふむ、魔導ローターか……。こういった道具は使ったことがないな。本当に気持ちがいいのだろうか?」

「使ってみます? 今、ここで」

「……遠慮しておこう。酷《ひど》い惨状が生まれそうだ」

「ちぇー」

リズ以外の皆は、この場でその道具を試す気にはなれなかった。一度でも何かを試してしまったら最後、なんだかんだでリズに乗せられ、悲惨なほどの淫《みだ》らな宴《うたげ》が始まってしまう。そのことを彼女らは経験上よく知っていた。

「ねぇねぇ、変なのがあるわよ」

「なんですか、それ？」

「『乳首マッサージャー』ですって。これで本当に気持ちよくなれるの？」

「チクニーですか？」

達人が首を突っ込む。

「乳首オナニー。略してチクニーですね。それはそれを補助する大人のおもちゃ。『乳首マッサージャー』です。乳首に刺激を与えてオーガズムを得る道具です」

「はいはい、せんせー、質問です」

「なんでしょう、メルヴィ様？」

「本当に乳首だけでイケるものなのでしょうか？　あまり実感が湧かなくて……」

最初は引いていた女性陣も、次第に慣れてきたのかいろいろ漁《あさ》り始める。やはり彼女たちは特殊な訓練を受けたソルジャーなのであった。

「乳首イキはですね……開発、訓練が必要とされますね。長い期間乳首を弄《いじ》って遊んで、刺激への準備を整えていきます。継続して擦《こす》ったり、つまんだりして弄っていくうちに、徐々に気持ち良くなっていきます。そうやって鍛錬を続けていけば、いつか乳首だけでイケるようになりますよ」

「長い期間って……どのくらいだ？」

「そうですねぇ……乳首への感じ方は結構個人差があるので一概に言えないですが……大体二週間から一か月ほどかかると言われていますね」

「一か月かぁ……」

　レイチェルが魔力を流し、『乳首マッサージャー』がウィーンと動き出す。

「私の魔法なら、強制的に乳首でイカせることも可能ですよ？　まぁ、自然な乳首イキの方がおすすめですが」

「え？　試せるの？」

「一回だけイッときます？」

「……いや、遠慮しとくわ」

「ちぇー」

　彼女らは選択を間違えない。リズの、一回だけ、ちょっとだけ、に何度騙《だま》されたことか。それを身をもって知っているからだ。

「媚薬《びやく》のようなものはないんだな。売ってなかったのか？」

「あれは、薬剤魔法学の中の一部の分野に特化した知識と技能が必要ですので……なかなか一般には流通しないのですよね」

「そんなものをリズはあっさり作っちゃっているわけね」

「うふふ……一流のサキュバスなものですから」

リズが妖《あや》しく舌なめずりをした。

「でもでも……こうやって並べてみると、男性用の『大人のおもちゃ』ってそんなに多くないんですね」

メルヴィが首を傾げながら、テーブルの上に並べられている『大人のおもちゃ』をまじまじと見比べた。

「確かに……」

「男性用のものはオナホと、それに付属したローション。それくらいですかね。後は女性向けなのが一般的ですね。男性でも使えなくはないですが……」

確かにメルヴィとリズの言う通り、男性用の大人のおもちゃの種類は多くない。

「これは……きっとアレですね」

「理由が分かるのか、リズ？」

「男の人は大体、オナホで事足りますから」

「あぁ……」

皆が軽く納得する。

「それ以外の刺激を求めようとすると、自然と次の対象は『お尻』になり、ニッチな方向性となってしまいます」

男性の主な性的快感は男性器への刺激によるものだ。

それ以外……お尻を使うことに抵抗感を示す男性は数多く、浣腸《かんちょう》などの準備も必要なため、男性の主たる嗜好《しこう》にはなりづらかった。

「ふぅむ……これはもったいないですね。楽しいえっちとは、何もおち○ち○を使ったものだけではないですのに……」

リズは顎に手を当てながら、考え込む。

「……分かりました。この私、一流のサキュバスとして一肌脱ぎましょう！」

彼女が勢いよく立ち上がり、威風堂々と宣言する。

「世の全ての男性のために、最高の『お尻グッズ』の開発を……いえ、遍《あまね》く全ての人が楽しめる最高の『大人のおもちゃ』の開発をっ……！」

リズは意気込み、やる気に満ち溢《あふ》れている。

「やりますよぉっ……！　私はっ！　気合入ってきましたぁっ！」

そのやる気満々な様子に、親愛なる仲間たちは何やら嫌な予感を覚えるのだった。

――そして出来上がった。リズの言う『最高の大人のおもちゃ』が完成したのだ。

「さぁ、カイン様！　ご覧になってください！　これが私の渾身《こんしん》の作品です！」

リズに誘われ、カインはホテルの彼女の部屋に足を踏み入れる。そこで、唖然《あぜん》とした。

奇妙な物体が部屋の中で異様な存在感を放っている。

それは人一人分の大きさの円柱状の物体だった。その側面に大量の触手が生えており、気味悪くうねうねと蠢《うごめ》いている。

「これは……なんだ？」

「これは私が開発した至高の大人のおもちゃ。『女子会（闇）号』です！」

質問したはいいが、答えを聞いてもカインにはちょっと意味が分からなかった。

「新しい刺激が欲しい！　でもお尻はちょっと怖い！　そんな男女のために用意したこの『女子会（闇）号』！　数多《あまた》の触手が怖がる男女を優しく捕縛！　そして触手の先端から媚薬《びやく》入りのローションをお尻に注入！　さらにそのまま触手の先端は魔導式振動バイブとなっていて、ズボリとしてくれる優れモノなのでございます！　初めてでも痛くない！　怖くない！　この魔道具に身を任せているだけでめくるめく新たな快感をっ……！」

「えぇっと……なんと言ったらいいか……バカなのか？」

カインは頭を押さえる。目の前の異形の物体はバカみたいな形をしているが、あのリズが作ったものである。とんでもなく恐ろしいものであるのは容易に想像がついた。

「それだけじゃありませんっ……！　この『女子会(闇)号』の優れた点は、その多機能性！

触手の先端は一つ一つが違った役割を持っており、あるものはローターが付いていたり、あるものはオナホになっています！　乳首マッサージャー機能も採用し、二週間チクニー開発コース機能も付いております！　これ一つで、あなたもチクニー上級者にっ！」

『女子会（闇）号』はリズの作った魔道具であり、中に込められた魔力が尽きるまで自動で動き続けることが可能だった。

その時『女子会（闇）号』の先端から、カインに向かって何かが高速で飛んできた。

「うわっ！」

慌ててその飛来物を剣で弾《はじ》くカイン。それをキャッチし、眺めてみると……。

「……なんだ、これ？　クッキー？」

「はい！　私の手作りクッキーをお客様の口に放り込む機能も備えております！」

「やめろっ！　そんな物騒な機能を組み込むのはっ……！」

リズの手作りクッキーは劇薬である。一度口にしたら最後、彼女の調合した強力な媚薬は全身を駆け巡り、性的興奮を抑えられなくなる。この手作りクッキーによって勇者メンバーは何度も大変な目に遭ってきた。

「この『女子会（闇）号』、たった一台で男女の別なくあらゆる大人の遊びが楽しめ、最高の快楽を享受《きょうじゅ》することができます！　全ての機能が詰まった究極の大人のおもちゃが出来上がったのですっ……！」

リズは自信満々に胸を張る。

自分は最高の仕事をした。究極の地に辿《たど》り着いた職人であることを自負していた。

「さぁっ！　カイン様も、私の最高傑作をお試しあれっ！」

リズが目を輝かせながら、魔道具をコントロールする。

『女子会（闇）号』が触手を気味悪くうねうねと動かしながら、じりじりとカインの方ににじり寄っていき……、

「……聖剣よっ！　光を解き放てーーーっ！」

カインが聖剣を天高く掲げる。

リズの大人のおもちゃは、彼の光り輝く聖剣によって両断された。

「『女子会（闇）号』おおおおおおおおおおおおぉぉぉぉぉぉぉぉぉっ……!!」

リズが叫び声を上げる。

こうして邪悪な魔道具は聖剣の光によって浄化され、塵《ちり》も残さず消えていった。『女子会（闇）号』は一度も日の目を見ぬままに、光の果てへと導かれていった。

こうして今日、闇の脅威は消滅し、世界に平和がもたらされたのだった……。

第60話　【現在】おせっかいデート

「カイン様～！　お待たせしました～！」

「いや、全然待ってねぇぞ。俺ら以外まだ誰も来てねぇしな」

ここは学園街の入り口。

敵の侵入を阻《はば》むために作られた巨大な城門は、その役割をまだ一度も果たすことなく、傷一つない美しい建造物として堂々とそびえ立っていた。

朝というより昼に近い遅い時間、太陽の光が燦々《さんさん》と降り注ぐ日向《ひなた》から、大きな城門の作り出す日陰に入り、私はそこで待つカイン様に近づいていく。

「私が二番目ですか？」

「そうだな。そろそろ約束の時間も近づいてるのに……まだ誰も来てねぇ」

今日、私たちは勇者パーティーの皆で小旅行をする予定となっていた。

集合場所はここ、学園街の入り口の城門。アルティナ様の勇者パーティー加入歓迎会を兼ねた、一泊二日の小旅行が計画されていたのである。

……だというのに、まだ私たち以外誰も来ていなかった。

「あっ……カイン様。私、シルファ様とレイチェル様から伝言を頼まれていまして、お二人は急用ができてしまったので今日の旅行に参加できないとのことです。残念ですが、すまないと伝えておいてくれとおっしゃっていました」

「えっ……」

シルファ様とレイチェル様の欠席。お二人が参加できなくなるのは悲しいが、急な用事なら仕方がない。お二人のために何かお土産を買ってこよう。

ただ、私の話を聞いたカイン様の顔が引きつった。

「……俺も伝言を頼まれている。アルティナとヴォルフから。内容は全く一緒だ」

「え……？」

一瞬、私もきょとんとなる。内容が全く一緒ってことは……。

「……欠席ですか？　アルティナ様もヴォルフ様も？」

「……そうだ」

何やら妙な気配がしてきた。メルヴィ様は最初から日程が合わないということで、この旅行には来られないことが分かっている。そうなると、あと残っているのはミッター様とラーロ様の二人だけで……。

そう考えている時、手紙の配達員が私たちに近づいてきた。

「すみません、カイン様とリーズリンデ様でしょうか？」

「はい、そうですが……」

「お二人宛に手紙を預かっております。お住まいではなく、ここに届けてほしいとの要望でして……」

手紙の配達員さんから二通の手紙を受け取る。ちょうど頭に思い浮かべていたミッター様とラーロ様からだった。

カイン様が手紙を手に取り、内容を確認する。私は配達員さんに受け取りのサインをする。ありがとうございましたー、と配達員さんはその場から去っていった。

「あいつらっ……！」

カイン様がキレ気味に二通の手紙を地面に叩《たた》きつけた。

「ええと……なんて書いてあったのでしょうか……？」

なんとなく察しは付くが、一応ちゃんと聞いてみる。カイン様は眉間に皺《しわ》を寄せながら、ダルそうに答えた。

「……二人とも急な用事により、欠席だとよ」

これで確定した。私とカイン様以外の全員がドタキャンを行い、この旅行は私とカイン様の二人っきりになってしまった。

私でも分かる。これは偶然なんかではない。皆さん示し合わせて欠席して、私とカイン様を無理やり二人きりにしたのだ。

……アレかな。この前の女子会で私がネガティブなことを口にしたから、皆さんに気を使わせてしまったのだろうか。

「ど、どうします、カイン様？　今日の旅行、やめます？」

「……いや、もう宿の予約取ってあるし。当日キャンセルは金がもったいねぇ」

宿の方には手紙によって連絡し、部屋を予約してあった。

「それにあいつらのことだ。この旅行を中止にしたら、第二、第三の策が飛んできそうだ」

「それは……面倒ですね」

皆さまのイタズラ心に思わず苦笑する。

「普通に旅行を楽しんだ方がまだ無難かもしれん。どうせ今もどこか遠くから、俺たちの様子を覗《のぞ》き見してるんだろうよ」

「カイン様なら皆様の位置を探り当てられるのではないですか？」

「ムリだな。向こうにはメルヴィとラーロがいる。あの二人の魔術には敵《かな》わん。シルファやアルティナも魔術的な協力をするだろうし……」

「多勢《たぜい》に無勢《ぶぜい》ですか」

いくらカイン様が最強の勇者で万能に近い能力を持っているといっても、彼の仲間もそれに近い力を持っているのだ。それにメルヴィ様とラーロ様は、魔術の技能だけ見ればカイン様よりも優れている。

そんな彼ら全員を相手にしたら、さすがのカイン様も煙に巻かれてしまうのだった。

「あっちが明らかなミスをしない限り、探知は難しいだろうな」

全ては皆様の思惑通り。全く、困った人たちである。

「下手なちょっかい出してきやがったら、とっ捕まえてやるけどな」

「あ、あはは……」

カイン様が狩人の目になる。探知は諦めて普通に旅行を楽しむ。だが、向こうが何かミスをしたら容赦なくお縄をかける。

彼はレジャー以外の楽しみをこの旅行で見出《みいだ》そうとしていた。

「ま、そろそろ行くか。あいつらのことは気にせず楽しもーぜ」

「は、はいっ！　カイン様がよろしいのであれば、お供させていただきます！」

カイン様と二人きりの旅行。……すなわち、これデート。

あっ……ちょっと緊張してきた。

「ふ、不束者《ふつつかもの》ですが、よろしくお願いします……」

「なんだよ、嫁にでも来る気か？」

彼がカラカラと笑う。私の頬は赤くなる。

この日、熱い太陽の下、お節介な人たちが仕組んだデートが始まろうとしていた。

「海だーーーっ！」

「ふぅ、結構人がいるのな」

私たちは目的地へと辿《たど》り着いた。

旅行先はここ、海水浴場である。見渡す限り青い海が目の前いっぱいに広がっている。水面は太陽の光を反射してキラキラと輝き、何とも言えず美しい。

学園街から一番近い海水浴場であるが、馬車で一週間ほどかかる。比較的近めではあるけれど、気軽に来られる場所ではない。

……ないのだが、私たちは裏技を使った。空間歪曲《くうかんわいきょく》の魔法を用いたのである。クオン様の魔術を真似て、アルティナ様とのごたごたの時に習得したものであるが、カイン様の補助もあってか、一人の時より楽に空間転移をすることができた。

よって、移動時間一分ほど。なんとも楽な小旅行である。

「私、海ってまだ数度しか見たことがないんです。カイン様はどうですか？」

「俺はもう何度も見た。旅をしていると、船での移動も多いしな」

「なるほど」

「海の魔王軍を倒すって仕事も……いや、この話はやめておくか」

「……？」

カイン様が話を途中でやめる。何か話しにくいことでもあったのかな？　悲しい出来事があったとか、何か機密情報が含まれているとか。話せないなら無理に話す必要はない。

そんなことより、今は海だ！

海はどこまでも広がっている。奥にも広いが、横にも長い。ここは海岸線の長い海水浴場だった。おかげで人が密集せず、混雑して息苦しくなりそうな様子はなかった。快適な海水浴体験ができそうだ。太陽の熱気が白い砂浜を焼き、足裏を強く刺激する。一歩ごとに私とカイン様の足跡がくっきりと砂浜に残っていく。波が寄せる海からは潮の匂いが、反対側の海の家からは何かが焼ける美味しそうな香りが漂ってくる。

空は快晴。これぞ海水浴っ！　といった感じの最高の遊泳日和《ゆうえいびより》だった。

「あー、リズ。……その、なんだ」

「はい、なんでしょうか、カイン様？」

「その水色の水着、似合ってるぞ」

少し照れながら、カイン様が私の水着を褒めてくださる。私の水着はフリルが特徴的な淡い水色のビキニの水着である。ヒラヒラとしたフリルが可愛らしく、清楚《せいそ》な感じも演出されている。今日のために気合を入れて選びに選んだ、私のお気に入りの水着であった。

「えへへ……ありがとうございます、カイン様」

「お、おう……」

カイン様がちょっとだけ頬を赤くして、そっぽを向く。その様子が可愛らしかった。私も褒められて嬉《うれ》しい。思わず顔がにやけてしまう。

「カイン様の水着も似合っていますよ」

「男の水着なんて、他と大して変わらねえだろ。テキトーに選んだやつだよ」

「いえいえ、そのようなことありませんって」

カイン様は濃い紺色を基調とした、ゆったりめの水着を着ていた。確かによく見かける男性向けデザインの水着ではある。

しかし！　男性の水着姿のメインは、やはりその肉体美であるっ……！

もちろん水着のデザインを疎《おろそ》かにしていいわけではないが、カイン様は世界的に活躍する最強の勇者様だ。肉体そのものが美しく、筋肉が極限まで引き締まっているっ！

「カイン様の大胸筋、腹筋、上腕二頭筋……ハァハァ……」

「……おい」

思わず息が荒くなってしまう。ここまで究極の肉体美を見せられて、どうして興奮せずにはいられようか。あまりに肉体が美し過ぎて、まるで後光が差しているかのような錯覚に陥る。私は思わず溢《あふ》れ出そうになる鼻血を、何とか抑えることで精一杯だった。

「ハア、ハア……整った三角筋、鍛え上げられた僧帽筋《そうぼうきん》、外腹斜筋《がいふくしゃきん》に前脛骨筋《ぜんけいこつきん》……。そして、海パンの隙間からちらちら見える大腿四頭筋《だいたいしとうきん》……」

「おいこら、リズ」

「天国やぁ……ここは天国やでぇ……ハァハァ、ぐふふっ」

「なんで男よりもおっさんくさくなってんだよ」

カイン様に頭をパシンと叩《たた》かれる。

……はっ！　私は今まで一体何を……。

カイン様のおかげで私は正気に戻れた……ものの、いや、でも、やっぱりカイン様の水着姿はどこまでも美しい。こんなの誰だって興奮してしまうに決まっている。

今日の私は悪くない。悪いのは海と太陽と砂浜と、美し過ぎるカイン様であるのだ。

……そんなふうにカイン様の水着姿を堪能していた時のことだった。

「た、大変だあああああぁぁぁぁっ……！」

「えっ？」

「ん……？」

どこかから、切羽《せっぱ》詰まった大きな声が聞こえてくる。

「溺れているっ……！　あの沖の方っ！　あそこで子供が溺れているぞっ……！」

男性が大きな声を上げる。その指さす方向を見てみると、確かに海の表面で小さな影がばしゃばしゃと水面をかき乱している。

子供だ。子供が全身をバタバタとさせて、パニックのような状態になっている。岸から遠い所で、明らかに子供が溺れていた。

「た、大変っ！」

「早く助けに行かないとっ……！」

周囲に状況が伝わり、大人たちもパニックになる。助けに行かなければいけない。しかし、子供は海岸からかなり距離の離れた場所にいる。今から海に飛び込んでも間に合うかどうか……。

——なんて、戸惑っていた時だった。

びゅうと、一陣の風が吹いた。

髪を押さえ、なんだ？　と思ったら……それは翼だった。

翼を広げた人が風を切って、溺れかけている子供の方へと飛んでいく。

速い。翼を羽ばたかせたその人は一瞬で子供の元へと辿《たど》り着き、即座に海から掬《すく》い上げる。そしてそのまま空を飛んで、この砂浜へと戻ってきた。

いともたやすく、危なげなく、一瞬で救助は終わった。

「大丈夫～？　ケガはないかしら～？」

「ぶえええぇぇえん、ありがとおおぉぉぉ……天使のお姉ちゃぁあああんっ……！」

「ダメよぉ～？　あんな遠くまで一人で行っちゃ。海はコワいコワいなんだからね～」

ゆったりとした口調で喋《しゃべ》る翼の生えた女性。

天使だ。街で時々見かける天使の警察官だった。ヴォルフ様がよくロリコン疑惑でご厄介になっている方々である。

ただ、今日の天使さんはいつもの警察官の服装ではなく、露出の少ない機能的な水着を着用していた。この女性の天使さんはライフガードであるようだ。海水浴場を監視し、危険はないか、溺れている人はいないかなどを見張って、水辺の安全を守るお仕事をなさっている。

その女性の天使さんは溺れかけた子供を救護室へと連れていき、戻って来ると浜辺に設置された高い台に腰掛け、海水浴場の見張りを再開する。

「天使って、警察の仕事だけじゃなくて、ライフガードの仕事をしたりもするんだな」

「そうですね、頭が下がります」

天使の方々はさまざまな分野で世の中の平和を守ってくれているのだった。

「…………」

少しそのライフガードの天使さんを観察する。いや、観察するというよりちょっと目が離せなくなる。彼女には普通の天使とは明らかに違う点が一か所あった。

翼だ。普通の天使の警察官は総じて翼が白い。純白である。

しかしそのライフガードの天使さんは翼が真っ黒であった。光を呑《の》み込み、どこまでも深く昏《くら》く、妖《あや》しげな魅力が黒い翼から放たれていた。彼女の長い髪も特徴的な色をしていた。頭頂部は純白であるのに対し、毛先の方へと行くほど少しずつ黒色が混ざっていく。

白から黒へのグラデーションという、珍しい髪の色をしていた。

そして、今になって気付く……。

「カイン様、カイン様……あの天使の女性……」

「……なんだ？」

「めっちゃナイスバディですっ……！」

ボン、キュッ、ボンと理想的なスタイルをしている。

出るとこは出て、引き締まるところは引き締まり、全ての女性が羨むような美しい体つきをしている。ライフガードの制服なのか、着用している水着が露出の少ないものであるのが悔やまれるくらいだ。

「立派に働く人を妙な目で見るな」

「あだっ！」

カイン様に小突かれる。

「でもでもっ！　カイン様もあの天使の女性、すっごく綺麗《きれい》だと思うでしょ！」

「…………」

「ほらぁっ！」

無言こそが回答だった。

「はっ……！」

そこで私は重大な事実に気付く。私は、カイン様の肉体美を惜しみなく曝《さら》け出す水着姿ばかりに気を取られていた。広大な海の美しさに目を奪われていた。しかし、ここはたくさんの人が集まる海水浴場なのである。

他にも見るべき重要なものがあったのだ！

ほら……こうして首を回してきょろきょろするだけで……。

「素晴らしい美女が……いっぱい……ッッッ！」

「こら」

辺りを見渡せば、露出の多い水着を着た美女たちがわんさかいる。眼福……至高の眼福とはこのことであるっ！

うっかりしていた。セクシーな水着を着た女性、キュートな水着を着た女性、ダイナミックでデンジャラスな水着を着た素晴らしい女性。さまざまな魅力を持った色とりどりの水着美女たちが、この海水浴場に集結しているのであるっ……！

少し視線を動かすだけで、そんな美女たちが見放題！　タダでいいのかっ⁉　これがタダで見られてっ……！

もちろん素晴らしい男性もたくさんいるのだが、今の私の傍《そば》には至高の肉体美をもったカイン様がいる。彼の究極の肉体美に宿った魅力と比べると、さすがに他の男性には目移りしなかった。

それよりも女性！　水着美女！　見放題っ……！

何の対価も払わずこんな幸せを味わえていいのかっ⁉　海水浴場とは天国の別称だったのか⁉　綺麗《きれい》な天使さんもいることだし。

「げへへへ……美人の姉ちゃんたくさん……見放題だぁ、ぐへへへへ……」

「こら、おっさん。そろそろ戻ってこい」

「あいだっ……！」

カイン様から結構強めのゲンコツを食らう。

「はっ！　私は一体なにを……」

私は正気に戻った。

「バカなことばっか言ってないで、ほら、さっさと海に入ろうぜ」

「あ……」

彼が私の手をぎゅっと握り、海へと走り出す。熱い砂の感触を足の裏で味わいながら、それを力強く蹴り、彼に引っ張られながら砂浜を駆けてゆく。

海はすぐそこだ。

ばしゃんと弾《はじ》けるような音を立てながら、私たちの足が水の中へと入っていく。

「ひゃあっ……！」

染み入るかのような海の冷たさが太ももを刺激し、思わず声を上げてしまう。寄せては返す波が足をくすぐり、海の心地良さを実感し始める。

「おらっ！」

「きゃあっ……⁉」

海の感覚に気を取られていたら、カイン様がこちらに水を飛ばしてきた。太陽の日差しで熱くなっていた肌に、冷たい海水をまともに浴びる。完全に油断していたため、その温度差で体がぶるりと震えてしまう。

「カ、カイン様ぁっ……⁉」

「ははっ！　こういうお約束はやっておかないとな！」

彼はまさにイタズラっ子の如く、無邪気に笑っていた。

「も、もうっ！　……私だって！　えいっ、えいっ！」

お返しにと私も手で水をすくって、彼に向かって飛ばし始めた。

「残像だ」

「なん……だと……？」

……と思ったら、目の前の彼の姿が急に消え、なぜか私の後ろから声が聞こえてくる。

超スピードで回り込まれたっ！

「おらぁっ！」

「ぎゃーーーーっ⁉」

彼が勢い良く海水を蹴り上げる。それだけで大量の水がはね上がり、私は全身を呑《の》み込まれて揉《も》みくちゃにされる。勢いよく流され、水中で体が二、三回転する。

「ぶはぁっ……！」

一通り水流に弄《もてあそ》ばれた後、水面に顔を出して大きく息をつく。一瞬で全身がびしょ濡れになった。

「海でのデートってこういうものでしたっけ⁉」

私の知っている常識と違う！

「ははは、わりぃわりぃ、調子に乗った！」

からからと笑いながら、カイン様が私の手を取って海から引っ張り上げる。私が書物の中で知っている海のキャッキャウフフには、残像なんて要素やこんな強力な水流なんて出てこないのである。

「……カイン様が『俺に水を一発当てられるまで海から出るの禁止な』みたいな修業じみたことを言い出さないか不安です」

「言わん言わん。今日は普通に楽しむさ」

「…………」

ちょっとそっぽをむいて、ほっぺたを膨らます。

「悪かったって、許せよ、リズ」

「………」

私はちょっと拗《す》ねたフリをする。

彼が半歩、私に近づく。そのとき私は彼に隙を見た。

「えいっ！」

「おっ？」

私は彼の体に腕を回し、全身で抱き着く。そしてそのまま海に倒れ込んだ。ばしゃんと大きな水飛沫《みずしぶき》を上げながら、私たちの体が海の中に沈んでいく。

「……ぷはっ！」

「ぶはぁっ！　ははっ！　一本取られた！」

抱きつきながら、二人で一緒に水面から顔を出す。私と同じようにカイン様もびしょ濡れとなった。彼の黒い髪が十分に水を吸い、ぼたぼたと水滴が垂れていく。

水も滴《したた》るいい男……って、たぶん言葉の使い方を間違えているんだろうけど、目の前のカイン様は今まさにそれだった。思わず見惚《みと》れてしまう。

「……海も悪くねぇなぁ」

広大な海に目を向けながら、カイン様が呟《つぶや》く。

「……そうですね」

同意するけれど、私は違う。私は彼だけを見ながらそう口にする。未《いま》だ彼に抱きついたまま、ひんやりとした海と対照的な彼の温もりを独り占めにし続けている。

……いいのかな？　私は彼とお付き合いさえしていないのに。ちょっとした罪悪感を抱きながら、私の心臓はドクンドクンと痛いくらいに早鐘を打ち続けるのだった。

＊＊＊＊

「おーおー、熱いわねぇ、あの二人」

「そのそのっ！　ちゃんと盛り上がっていますね！」

「うむ、作戦を立てた甲斐《かい》があったというものだ」

そんな中、リズとカインの様子を出歯亀《でばがめ》のように覗《のぞ》き見る集団がいた。

今日、この旅行をドタキャンしたはずの勇者パーティーの面々だった。シルファ、メルヴィ、レイチェル、アルティナ、ミッター、ラーロ、ヴォルフ。そしてそれに加えて、元魔王のクオンもこの旅行にやって来ていた。

「そのその、お久しぶりの二人きりのデートですので、楽しんでくれればいいのですが」

「でも今のところいい感じじゃないかな？　記憶を失っていても、やっぱりあの二人は相性いいんだよ」

彼らの存在がリズとカインにバレることはない。なぜなら、魔術のプロフェッショナルであるメルヴィとラーロ、それとクオンがリズとカインの二人に対象を絞って、自分たちの姿を見えなくする魔術を使っていたのだ。

それに加えてシルファとアルティナも魔術の援護に加わっている。リズの力が戻っていない状態であるため、カイン一人の力では複数人で力を合わせて発動されたこの『姿眩《くら》ましの術』を破ることはできなかった。

この海水浴場の海岸線はとても長い。遠い距離から視力を強化し、絶対にバレない状況を築き上げて覗《のぞ》き見《み》を楽しんでいた。

「しかし、シルファ……君は本当にスタイルがいいね」

「む、そうかな。素直に賛辞を受け取ろう。アルティナ殿も、体が引き締まっていて良いスタイルをしているぞ」

「……やめてくれよ。絶対に敵《かな》わない人に言われても虚《むな》しいだけさ」

アルティナはシルファの水着姿をまじまじと見ていた。このメンバーの中で一番スタイルが良いのはシルファである。胸が一番大きく、身長も高い。鍛錬によって無駄なぜい肉は一切ついておらず、まさにモデル体型であった。

そんな彼女は一般的な三角ビキニの水着を着用していた。ちょっとだけ布地が少なめの、彼女の素材の良さを活かした水着である。

逆にアルティナは布面積の多い水着を着用していた。ハイネックにフレアスカートという、肌をなるべく露出させないデザインの水着を選んでいる。派手なものを嫌う彼女の好みが反映されたものだった。なるべく地味にという、少し前の下着選びと同じ感覚で選んだものである。しかし仲間たちの厳重な審査により、露出度自体は低いものの、水着のデザイン自体はオシャレで彼女によく似合っていた。

「それに比べて……クオン殿はなんでスクール水着なんだ？」

「海水浴場で学校指定のスクール水着なんて……さすがに浮いているよ？」

「うっさい！　お主《ぬし》らが今日急にわらわを呼び出したからじゃろうが！　水着を準備する時間などあるはずなかろうっ……！」

怒り気味に大声を発するクオンは、体のラインが目立たない地味なスクール水着を着用している。ちょっとニッチな感じになってしまっていた。

彼女は今日、急遽《きゅうきょ》この旅行に招待された。というのも、彼女の使う『空間歪曲魔法《くうかんわいきょくまほう》』が目当てだったからだ。『空間歪曲魔法』は超高度な魔法であり、現在使用できる知り合いはリズとクオンしかいなかった。

なので勇者パーティーの仲間たちの中に、厳密には仲間ではないクオンが一人ぽつんと急に混ざる結果となった。そのためスクール水着になってしまったのである。

「あのあの、すみませんクオンさん。急に呼び立ててしまいまして……」

「ほんとじゃっ！　……いや、海は楽しい。暇しとったしのぅ。じゃがスクール水着しか用意できなかったのが遺憾じゃ……！　次からは、もっと前から声を掛けよっ！　メルヴィよっ！」

「はい、そうさせていただきます。……ところで、今度わたしにも『空間歪曲魔法《くうかんわいきょくまほう》』を教えていただけないでしょうか？」

「儂《わし》も興味あるのぅ。もし良ければ、ご指導ご鞭撻《べんたつ》のほどお願いしたいところじゃ」

「む……メルヴィに加えてラーロもか。確かに、お主《ぬし》らほどの魔術の使い手ならば習得できるやもしれぬのぅ」

魔術のプロフェッショナル同士、話が弾む。魔王の使う超高度の魔法というのは、やはりその道の達人たちには興味を惹《ひ》かれるものだった。

メルヴィは上下が一体となったワンピース型の水着を着用していた。露出度が低くて落ち着いた雰囲気があり、清楚《せいそ》で可憐な彼女によく似合っている。

小柄な彼女の愛らしさが、ワンピースの水着によって引き立てられていた。

「…………」

しかし、そこでメルヴィはあることに気付く。……気付いてしまった。

クオンのスクール水着も、いうなればワンピース型の水着である。しかし両者の間には明確で絶対的な違いが存在した。

メルヴィはクオンの体のある一点を凝視し始める。

「……クオンさんも……ない方ではないですよねぇ」

「な、なにがじゃ……？」

どうしてだろう、普段柔らかな雰囲気を発するメルヴィから強烈なプレッシャーがひしひしと伝わってくる。彼女が急にどす黒い感情をじわりじわりと漏らし始めた。

強靭《きょうじん》たる闇の魔王クオンでさえ、一筋の汗を垂らさずにはいられなくなる。

「…………」

「…………」

しばし無言の間《ま》があって、クオンは気付く。

胸。

おっぱいだ。メルヴィの視線はクオンのおっぱい一点に熱く注がれていた。クオンとメルヴィはどちらも背が低く、小柄な体形である。しかし、その身体的特徴の一部に差がないわけではなかった。

「ま、まぁ……わらわは完全なぺったんこではないのぉ……」

「…………」

「ひぃっ!?」

その瞬間、殺気が膨れ上がった。周囲にいる者が全員本能的な恐怖を感じ、ぶるりと身を震わす。ただの少女の冷たい視線だけで、海水浴場の温度が数度下がった。

「おぉ、主よ……なぜ世界はこんなにも不平等なのでしょう……」

世界の聖女は世の不条理を嘆き、祈った。

ただ、祈る内容は下世話なものだった。

「……他者の胸をもぎ取って自分のものにする魔術って、魔族の中には伝わっていませんか？　クオンさん……？」

「あるわけなかろうっ……！　そんな恐ろしい魔術を探ろうとするでないっ！」

「おぉ、神よ……」

聖女メルヴィは天に祈りを捧げる。

おっぱい狩りの蛮族は、私欲と下心にまみれたくだらないことを神に祈っていた。

「……今のメルヴィには近づかないようにしましょ」

「……そうだね」

レイチェルやミッターをはじめとした皆が、おっぱい狩りの蛮族から距離を置いた。

「ところでレイチェル。君の水着、とてもよく似合ってるよ」

「ふぇっぁうっ……!?　きゅ、急になによっ!?　ミッター!?　ほ、褒めたって何も出やしないわよっ……!?」

ミッターから不意打ちを食らい、ボンッと一気に顔を赤くするレイチェル。

彼女はショートパンツふうのボトムが特徴的である。胸を覆う上の布地は一般的なものだが、下のボトムは三角型のものより布の面積が広くて、ボーイッシュなデザインとなっている。

豪気で男勝りなレイチェルの雰囲気によく似合っていた。

「本心から言ってるよ。本当にとっても似合っている。君のような彼女が傍《そば》にいて、僕はとても鼻が高いよ」

「バ、バカっ……！　お世辞を並べたって仕方ないでしょ！　私、チビだし、スタイルもそんなに良くないし……」

「そんなことない。愛しているよ、レイチェル……」

「〜〜〜〜〜っっっ!!」

ミッターから口説き文句を耳元で囁《ささや》かれ、レイチェルはつま先から頭のてっぺんまで、全身のあらゆる部分がゆでだこのように真っ赤になった。水着で肌を露出させているためそれは隠しようがない。

そんな二人の様子を、シルファたちは見世物のように楽しんでいた。

「おーおー、熱くなって、まぁ……」

「この前、二人はケンカしたって言ってなかったっけ？」

「だから今、ミッターさんはレイチェルさんのご機嫌を取っているんですね。レイチェルさんの扱いに関しては、さすがプロです、ミッターさん」

ミッターとしては、この手の爆弾処理は慣れたものである。お付き合いを始めて二年近く、自分の彼女をどう扱えばよいか、彼は熟知していた。

「じゃあレイチェルはミッター殿に任せるとして……」

「俺たちもさっさと海を堪能するか」

「そうですね、そのそのっ、わたしたちも海を楽しみましょう！　リズさんとカインさんを観察しながらっ！」

「お、帰って来ていたか、メルヴィ」

おっぱい狩りの蛮族も正気に戻り、皆がじゃぶじゃぶと海の中に入っていく。水の感触を堪能し始め、彼ら出歯亀《でばかめ》チームも真っ当に海を楽しみ始めていた。

「…………」

そんな中、一人海に入るのを躊躇《ちゅうちょ》している人物がいた。

……アルティナだ。波打ち際のすぐ傍《そば》に立ち、そこでそわそわおろおろとしていた。大きな波が寄って来ては、怯《おび》えて数歩下がってを繰り返す。彼女は猫の半獣人であり、水そのものが苦手であるのだ。さらに海が初めてで、この膨大《ぼうだい》な水の量に軽い恐怖さえ感じている。そのせいで彼女は波打ち際でおろおろと、優柔不断な動きを繰り返し続けてしまうのであった。

「さっさと入れ、アホ」

「ギャーーーッ⁉」

　そんな躊躇しているアルティナの背を、幼馴染《おさななじ》みのヴォルフが蹴り飛ばした。彼女の全身がどぼんと海に浸かる。

「ニャーーーッ！　ニャッ、ニャーッ！　ニャーーーッ‼」

　アルティナは慌てふためき、その場でじたばたする。普段使わない猫のような声も出してしまっている。しかしここは浅瀬も浅瀬。足が付くどころか、尻もちをついていても十分に頭が出せるほど浅かった。

「ぜーはー、ぜーはー」

　やっと少し落ち着いてきたのか、深呼吸を繰り返して息を整えるアルティナ。

「わっはっはっはっは！　バカみてぇ」

「…………」

　その様子を見て豪快に笑うヴォルフ。アルティナは振り返り、キッと殺意のこもった視線を悪辣《あくらつ》な幼馴染みに向けた。

「……おらぁっ！」

「おっと！」

　アルティナが即座に飛び蹴りをかます。ヴォルフは神速の蹴りを何とかいなす。攻撃一発ごとに激しい水飛沫《みずしぶき》が上がる。海水浴場の片隅で、超人たちによる壮絶なバトルが始まるのだった。

「熱くなるのはいいが、他の客に迷惑にならないようになぁーっ！」

「そのその、他に海が初めてって人、この中にいましたっけ？」

もはや殺し合いになりかねないほどの激しい戦いを尻目に、他のメンバーは純粋に海を楽しみ始める。自由に泳ぎ回り、ひんやりとした水の感触を全身で味わっていた。

「わらわがそうじゃの。海は初めてじゃ」

「クオン殿？　そうだったのか」

「というより、人族領の海が初めてというべきかの……」

クオンの言葉に、皆が首を傾げる。

「魔族領では海の中に入れぬのじゃ」

「なんで……って、あ……」

疑問を口にしかけて、皆が思い出す。勇者パーティーの面々は戦いのために魔族領を何度も訪れている。その時に見た海の光景を思い出した。

「魔族領の海は強い毒に満ちているのじゃ。黒色や紫色でドロドロとしており、入ったら最後、すぐに体は腐り落ち、骨だけを残す。やがてその骨は毒を帯びた魔物となって、無念と恨みだけが黒い海を濁らせるのじゃ」

「………」

「入ることはできぬが、あの強烈な瘴気《しょうき》をじっくり嗅ぐと海の風情《ふぜい》をしみじみと感じるのう」

その話を聞いて、周囲の者は若干引いていた。

文化が違えば海の楽しみ方も異なることは知っているが、さすがに人間の自分たちは毒の海を楽しめそうになかった。瘴気を嗅ぐとか、勘弁願いたい。

どこまでも広がる青い海、熱い太陽。寄せては返す波の音。

ただ、魔族たちとの間には大きなカルチャーギャップが存在することを、この場の皆が身に染みて実感するのであった。

＊　＊　＊　＊

天高くにあった太陽が大きく傾き、赤みを帯び始める。

私は今日一日、めいっぱい楽しんだ！

カイン様と海ではしゃぎ、あちこちを泳ぎ回り、水に浮く魔法を使って海の上でのんびりだらだら日向《ひなた》ぼっこを満喫したりもした。

海の家でかき氷を食べて頭がキーンッとなったり、サーフィンなる遊びを試してみたりもした。最初は何度も倒れてばかりだったが、最後の方はなんとかバランスを取ることができるようになった。

ため息が出るほど充実した時間であり、楽しい時間は一瞬で過ぎ去っていくのだった。

「…………」

今、カイン様は二人分の飲み物を買いに行ってくださっている。その好意に甘えつつ、私は浜辺からぼんやり海を眺めていた。

太陽の赤色が空と海を淡く照らす。真っ青な美しい世界が茜色《あかねいろ》の世界へと変化していく。暗くなりかけの海は危ない。人々は海から上がり、ライフガードの天使さんたちも注意を呼びかけていく。

あれだけたくさんの人がいた海が閑散とし始める。

楽しい遊びの時間は終わり、夜のとばりが下りようとしていた。

「やぁやぁ、ねえちゃん、一人ぃ？」

そんな感傷に浸っていたら、それをぶち壊すかのように軽薄な声を掛けられた。声がした方を振り返ると、五人の男性が私に近づいてきていた。

「これから俺たちと一緒に遊ばなぁい？」

「お嬢ちゃん、知ってる？　本当に楽しい時間はこれからなんだぜぇ？」

「俺らが予約取ったホテルの部屋、すっげえ広いからさ。嬢ちゃんもこっち来なよ」

ナンパであった。しかもとっても柄の悪そうな男性たちである。

体に刺青《いれずみ》を入れ、鼻にピアスを着けている。外見で人を判断するのは良くないが、チャラくて不良のような人たちだった。

「……いえ私、今日は男性の方と一緒に来ていますので」

「いいじゃん、いいじゃん！　そんな男なんかほっといてさ、俺たちと遊ぼうぜぇ？」

「うわっ！　すっげぇ上玉！　……へへっ、今夜が楽しみだぜ」

「………………」

軽薄な笑みを浮かべながらこっちに寄ってくる。初めから私という獲物を逃すつもりはないのが気配で分かった。断っても、それに構わずしつこく迫ってくる。私はカモだと思われているようだ。

「やめてください。警察の方、呼びますよ」

「いいから俺たちと一緒に来いって言ってんだよ……なぁっ！」

男性の一人が強引に私と肩を組もうとしてくる。だが、私はそれをひらりと躱《かわ》す。

「……あぁ？」

前につんのめりそうになりながら、ナンパ男が怪訝《けげん》な顔をする。

「おいおい、ねーちゃん。逃げんなって……」

今度は私の腕を掴《つか》もうとする。私はそれを肘ではらい、不良は体勢を崩して転びそうになっていた。

「……しつこいですよ」

「……なんだ、この女ぁ？」

「おいおい、よしてくれよ、嬢ちゃん。俺たちはただ楽しく遊びたいだけなんだよ」

「抵抗されると……ちょっと無理やり付き合ってもらうしかなくなるぜぇ？」

五人の不良たちが私を取り囲む。

正直言ってこんな不良たち、どうとでもなる。勇者パーティーに鍛え上げられ『誰でもできる！　勇者式ブートキャンプ』を継続している私には、ただの雑魚《ざこ》にも等しい。

ただ、どう対応したらいいのか分からない。こちらから先に暴力を仕掛けて私の方が悪者になるような、不利な状況になるのは避けたい。……ナンパ男たちへの対処の仕方が分からない。殴って黙らしてもいいのだろうか？　先に手を出したら、やっぱりこちらの過失になるのだろうか？　上手く彼らを躱《かわ》す方法はないものか？

——そんなことを考えている時だった。

「おい」

背後からナンパ男たちに声を掛ける男性が現れた。

カイン様だ。両手に飲み物を二つ持ち、こちらに近づいてくる。

「そいつは俺の女だ。てめぇらのような屑《くず》には不釣り合いが過ぎる」

「はあぁぁっ……!?」

「てめえらみたいなゴミどもは、お魚にでもおチ○ポしゃぶってもらえばいいんだよ」

「なんだぁっ……⁉　てめぇ、いきなり現れて……調子こいてんじゃねえぞぉ⁉」

カイン様が不良たちをあからさまに挑発する。不良たちは額に血管を浮かべながら怒りの形相になる。

「野郎はおねんねしてろってのっ！」

叫び声を上げながら、不良の一人がカイン様に殴りかかる。

その時、カイン様はニヤっと悪い笑みを零《こぼ》した。『あっちが先に手を出した』という事実が欲しかったのだろう。全ては彼の思い通りだった。

カイン様は両手に持つ飲み物を高く上空に放り投げた。そしてほんの一瞬。瞬《また》きすらする間もないほど一瞬のうちに、ナンパ男を五人全員失神させた。

何が起こったのか分からない、というかのように、不良たちは怒りの表情を顔に張り付けたまま、地面にパタパタ倒れていった。

風も吹かぬほど静かに、たやすく五人を気絶させたのだった。

「……よっと」

落ちてくる飲み物を器用にキャッチする。中のドリンクを一滴も零していない。まるで曲芸師のようだった。

「待たせたな。ほら、リズの分」

「あ、はっ、はい……」

「じゃあそろそろホテルに向かうか」

まるで何事もなかったかのように、カイン様は私に飲み物を渡して歩き始める。気絶した不良たちを踏みつけながら、ホテルへと向かってゆく。

「……かっこ良かったですよ、カイン様」

「どこがだよ。あんな雑魚《ざこ》、リズ一人でも余裕だっただろ」

「それはそうですけど……」

私はカイン様にもらったアイスカフェラテを飲む。心地よい冷たさが喉を刺激する。

「……男性に守られるって……やっぱり女性の憧れですよね」

私の頬は赤くなる。しかし、それは赤い夕陽に紛れていく。

私の体は熱くなるが、冷たい飲み物がその熱を冷やしていく。

相手はなんてことないただの不良。五人もいても、私一人の足元にも及ばない。それでも……私の口の中も胸の奥も、甘さでいっぱいになっていた。

＊　＊　＊　＊

太陽が水平線に沈もうとしている。

最後の僅かな赤みを残し、空も海も夜の闇に塗り潰されていく時間帯。あれだけ賑《にぎ》やかだった海水浴場にももうほとんど人は残っておらず、皆、近くのホテルへと向かって休む準備を始めてゆく。

そんな普段と変わらない夜の海に、異変が起ころうとしていた。

海岸から遠く離れた沖。その夜の海の底。人間では到底観測することができないそんな場所で、ぞろりぞろりと何かが列を成して動いていた。

普通の海の生命体ではない。両手に武器を持ち、二本の足で海の底を行進していく。

――それは魔王軍の軍隊だった。

クオンに言わせると、『革命軍』と呼ばれる者たちである。

その軍隊は魔族領の毒の海でも生きられる強靭《きょうじん》な生命力を持ち、その海の中をひたすらに移動し続けて、今この人族領の海へとやって来ていた。

魚人。体には鱗《うろこ》が生え、二本の足で歩き二本の手で武器を扱う。魚と人の特徴を併せ持った亜人《あじん》であった。魚人の種族の中でも、この隊は精鋭部隊。魔族領の毒の海にも耐えられる特殊で強靭な肉体を持っていた。

そんな魚人の軍隊の目的地は近くにある海水浴場だ。その地域一辺を夜襲し、人族に大きな被害を与えてその土地を侵略しようとしていた。

夜の海の底を行軍する魚人たち。移動の際に発せられる音は全て海が呑《の》み込み、地上には音が届かない。人間たちは魚人隊の接近に気が付くことができない。

人は海の中で生きるのには適していない。普通の人間は、水の中では息が数十秒しか続かないのだ。そんな人間が魚人の行軍を索敵できるわけがなかった。

地の利は圧倒的に魔王軍の魚人の方にある。その利点を活かし、魔族が人の世界に牙を剥《む》こうとしている。

作戦決行は今日の深夜。この沖から海岸沿いに辿《たど》り着く頃にちょうどその時間帯になり、人の寝静まった時間に攻撃を開始する予定だった。

「お前ら！　覚悟はいいな！　今日、我々魔王軍魚人隊が人族に鉄鎚《てっつい》を下す！」

「オオオオオォォォォォォッ……！」

「この大地と海を人間の血で真っ赤に染め上げ、この戦争の大きな転換点とするぞっ！」

魔王軍幹部の魚人が、部下を鼓舞する。

兵隊たちの耳をつんざくような雄叫《おたけ》びも、海の上までは届かなかった。

日中、笑い声の絶えなかった青い海。

そこに一歩ずつ、一歩ずつ……惨劇が近づこうとしていた。

第61話　【過去】激闘！　触手大王イカ魔人！

青い海！

広い空！

熱い砂浜！

そして、触手を生やした巨大大王イカっ！

「うわあああああぁぁぁぁっ……！」

「た、助けてくれえええええぇぇぇぇぇっ……！」

とある海岸に悲鳴がこだまする。そこには一体の魔族が陣取っており、人を襲って被害を与えていた。

魔族の名前は『触手大王イカ魔人』。魔王軍の軍隊長にも抜擢《ばってき》されている、優秀で強力な敵であった。

全長数十メートルにも及ぶ巨大な体を持ち、十本の太くて力強い足のほかに無数の触手が体から生えている。『触手大王イカ魔人』の名の通り、大量の触手がうねうねと蠢《うごめ》き、人間の兵士に危害を加えていた。

「イカイカイカーッ！　人間って生き物は、本当に弱いイカねーッ！」

「ぐわあああああぁぁぁぁぁっ……！」

十本の太い足と、無数の触手。その強力な魔族の力に、一般の兵士はなす術《すべ》もなかった。

「……で？　アレを俺らが討伐すればいいわけか？」

「ふっ……奇妙な姿をした魔族もいたものだな」

「イカ〜〜？」

そんな時、その場に強力な援軍が現れた。

勇者パーティーの一行である。強力な魔族を討伐するために、この海岸へ来ていた。

「勇者様だっ……！」

「勇者様たちが来てくださったぞ！」

「お気をつけください！　あの触手はとんでもなく動きが早く、太い足は恐ろしいほど力強いですっ！」

勇者カインたちの登場に場が沸き返り、兵士たちの士気が戻っていく。しかし、『触手大王イカ魔人』は余裕の表情を崩さなかった。

「グフフフフ〜〜！　めんこい女の子がたくさんいるじゃなイカっ！　触手で拘束して、服をビリビリに破いてやるのが楽しみだイカ〜〜ッ！」

「なっ……!?」

触手大王イカ魔人の発言に、カインたちは驚愕《きょうがく》を露《あら》わにする。

「あ、あいつっ……！　変態だっ！」

「人間に欲情する変態だっ！」

「人間に欲情する魔族なんて、漫画の中でのオークさんだけだと思ってましたのにっ！

私の創作物の中だけではなかったんですねっ……！」

一般的に魔族は人間に性的な欲望を抱かない。人間がオークを性的対象と見られないのと同様に、オークも人間を性的対象と見ることはない。そういうものは最近流行《はや》りのエロ漫画だけの設定であった。

しかし何事にも例外がある。それが目の前の『触手大王イカ魔人』であった。実はこの魔族、名前に『魔人』とあるように少しだけ人間の血が混ざっていた。

「……要はあの触手に捕まらなければいいわけだ」

「そういうことね。あの気味悪い触手を一本ずつ潰してやろうじゃないの」

シルファとレイチェルが若干引きつつも、武器を構えて闘志を漲《みなぎ》らせる。

「……本当に気を付けろよ、シルファ、レイチェル」

「あぁ！」

「分かってるわよ！」

やや心配そうなカインの言葉に頷《うなず》く二人。今回の戦いは、いつもとは少し違う危険性が存在していた。

「ムリムリ！　ムリだイカ〜〜〜！　この無数の触手から逃れる手段などあるはずないイカ〜〜〜！」

触手大王イカ魔人が触手をぶんぶんと振り回す。勇者パーティーの皆も戦闘準備が整う。今、この地の平和と自身の尊厳を懸けた戦いが始まろうとしていた。

「待ってくださいっ！」

「ん……？」

だが、その戦いを一旦止めようとする者がいた。

リズだ。リズが大声を上げ、皆が動きを止める。

「リズ、どうした……って、なんだ？　その魔法陣？」

リズの足元の砂浜には大きな魔法陣が描かれていた。彼女が何をしようとしているのか分からず、カインが首を傾げる。

「それは……召喚陣かの？」

「はいっ！　その通りです、ラーロ様！　私は今から、あの触手イカ魔族にふさわしい相手を呼び出しますっ！」

リズと同じく魔法に精通したラーロには、彼女の作るその魔法陣の意味が分かった。

魔法召喚陣。それは術師と契約した召喚獣を、空間を飛び越えてこの場に呼び寄せるという高度な魔術であった。しかしリズの仲間たちは首を傾げる。彼女は召喚獣使いではない。今まで何か召喚獣と契約を交わしたことはあっただろうか？　そして、目の前のイカ魔人にふさわしい相手とは一体何なのか？

さまざまな疑問が頭の中をぐるぐると回っているうちに、リズの準備が整った。

「いきますっ……！　いでよっ！　我が親愛なる兵にて偉大なる契約者よっ！」

「………」

「我が召喚に応じよっ！　『女子会（闇）【改】号』ッ……!!」

「うおっ……!?」

その直後、大きな砂埃《すなぼこり》を立てながら巨大な物体がその場に姿を現した。

それは触手大王イカ魔人に匹敵するほどの大きさの円柱状の物体だった。数十メートルもの円柱状の体の側面には無数の触手が生えており、気味悪くうねうねと蠢《うごめ》いている。

その触手の先っぽには魔導式振動バイブや魔導式振動ローター、オナニーホールと多種多様な機能が付けられている。

「こ、これは……」

「ま、まさか……」

カインとシルファたち女性陣が冷や汗を垂らす。

「はいっ！　これぞ私が改良に改良を重ねて作り上げた自信作！　『女子会（闇）【改】

号』でございますっ……！」

リズが胸を張る。

彼女は以前、『女子会（闇）号』という大人のおもちゃを作った。それはカインによって跡形もなく粉々に粉砕されてしまったが、彼女は隠れてこっそりそのパワーアップ版を作っていたのだ。

巨大な大人のおもちゃがこの戦場に登場した。

「なっ、なんだそいつはイカ～～～!?」

さすがの触手大王イカ魔人も、目の前の奇妙な物体に動揺を隠せずにいる。

「さぁ、行くのです！　『女子会（闇）【改】号』！　目の前のイカ魔人に格の違いと、めくるめく快感を教え込んであげなさいっ……！」

『ボーーーッ！』

奇妙な音を立て、『女子会（闇）【改】号』が発進した。

戦いの幕が切って落とされた。

「な、舐《な》めるなイカーッ！」

『ボーッ！』

触手大王イカ魔人は無数の触手を操り、目の前の敵を迎撃しようとするが、相手も同じ触手持ち。触手と触手は絡まり合い、お互いの攻撃は相殺《そうさい》された。

触手の量、スピード、パワー、大きさ。どれをとっても互角であった。

「いけるっ……！　いけますよっ！」

「いける……のか？」

戦いに興奮するリズと、戸惑う仲間たち。

ただ、目の前で行われているのが高度な攻防戦であることは、疑いようがなかった。

「な、ならばこれでも食らえイカーッ！　『イカ墨』噴射！」

「こっちも負けてられません！　『媚薬《びやく》入りローション』噴射っ……！」

大王イカの口からは黒いイカ墨が……、『女子会（闇）【改】号』の触手からは白いねばねばの媚薬入りローションが勢いよく噴射される。

大王イカのイカ墨噴射は、本来その強烈な水圧で相手にダメージを与えるものであるのだが、『女子会（闇）【改】号』の媚薬入りローションの水圧も負けておらず、この攻撃も互角であった。

黒いイカ墨と媚薬入りローションが空中で激突し、周囲に飛び散って拡散する。

「う、うわあぁぁぁっ……!?」

「気を付けろっ……！　敵のイカ墨もそうだが、リズの媚薬ローションにも触れるなっ！　どうなっちまうか分からんぞっ……！」

カインが仲間と、周囲にいる兵士たちに注意喚起する。恐ろしいのは敵の攻撃だけではなかった。身内はその危険性をよく分かっている。

「ふぐぐぐ……ぜぇぜぇ……イカアアアアアアッ！」

やがて均衡《きんこう》が崩れる。大王イカは息切れを起こし、墨を吐き続けることができなくなった。その隙をついて『女子会（闇）【改】号』の媚薬《びやく》入りねばねばローションが敵の体を強く打つ。大王イカは噴射の勢いに押され、その巨体は倒された。

「ぐぬぬぬイカッ……！　こんなふざけた玩具みたいな奴に、この俺が苦戦するイカなんてっ……！」

大王イカはすぐに海から起き上がるが、粘度の高い媚薬入りローションは体にへばりついたままだった。

「やった！　大王イカに白いねばねばが付きました！」

「付くとどうなるんだっ⁉」

リズは喜び、カインが質問をする。

「白いねばねばって、何に付いてもちょっとエッチっぽくなるじゃないですかっ！」

「大王イカに妙なものを感じ取るな！」

特に意味はなかった。

「ハァ、ハァ……な、なんだイカ……？　体が、熱く……」

しかし大王イカの体に変化が起こっていた。息が荒くなり、気分が妙に高揚し始める。

白い体が赤みを帯び、熱く火照《ほて》っていく。

「ふふっ……イカさんも媚薬で興奮するんですね！　赤くなるお肌が丸見えですよ！」

「イカ焼き以外でもイカって赤くなるんだなー……」

リズの媚薬によって、大王イカの体に変化が生じ始めていた。

「くっ……！　このままちんたらしているわけにはイカないイカッ！」

触手大王イカ魔人が反撃に出る。触手ではなく、十本の足で『女子会（闇）【改】号』に攻撃を加え始めた。触手大王イカ魔人の足は触手よりも太く、大きく、攻撃力が高い。

『女子会（闇）【改】号』はその攻撃を防ぎきれず、体にひびが入り始める。

「フハハハイカッ！　最初からこっちで攻撃すれば良かったイカ！」

「くっ……！　このままではいけませんっ！　こちらも新たな策を練らなければっ！

……イカのお尻ってどこにあるんですかっ⁉」

「イカのお尻？」

リズは『女子会（闇）【改】号』の本来の用途を用いようとする。

「あのあの、リズさん。イカのお尻……排泄《はいせつ》器官は漏斗《ろうと》という場所ですね。イカ墨を吐くところがありますでしょ？　あそこが漏斗といって、イカ墨を吐いたり、排泄物を噴出したりする場所なんです」

「つまり漏斗ってところがお尻みたいなものなんですねっ！」

メルヴィからのアドバイスを聞いて、リズが狙いを定める。『女子会（闇）【改】号』に魔力を送り、触手のうちの一本を高速で動かし、操作する。

「いきなさいっ！　『女子会（闇）【改】号』っ……！」

『ボーーーッ！』

そして、その触手を大王イカの漏斗……お尻のような器官に突き刺した。

「フゴッ……!?」

「そしてぇっ！　『媚薬《びやく》入りローション』噴射ぁっ……！」

「フゴオオオオォォォォォォッ……!?」

先ほど噴射された媚薬入りローションが直接大王イカの体内に注ぎ込まれる。お尻に強烈な勢いでローションを噴射され、大王イカは苦しみもがく。

「そして、さらにぃっ……！　『魔導式バイブ』機能発動っ！」

「フゴオオオオォォォォォォォッ……♡」

『女子会（闇）【改】号』の触手にはさまざまな機能が付いている。その一つが『魔導式バイブ』機能だ。固くて太い先端が強く振動しながら、ピストン運動のように激しく上下に動き始める。

「フゴッ！　フゴオオオォォォォォォォォォッ……♡」

大王イカの悲痛な叫び声は、徐々に色を帯びた甘いものに変化していった。体の色も、もう既に真っ赤っかになっている。

「いけるっ……！　通じています！　大王イカが、お尻の快感という新しい扉を開き始めていますっ……！」

「なんだ……？　俺たちは何を見せられているんだ？」

戦いの熱気で燃え上がるリズと、唖然《あぜん》としながらその様子を見守るカインたち。もうどうしたらいいのか分からなかった。

「フゴッ……♡　フゴオオオオオオオオオォォォォォォォォォォォッ……！」

リズの卑劣な謀略によって堕《お》ちそうになる大王イカだったが、最後の力を振り絞り、反転攻勢に出た。

十本の太い足を『女子会（闇）【改】号』の体に絡ませ、思いっきり力を入れる。円柱状の胴体を無理やり抱き潰そうとし始めたのである。

『ボーッ！　ボーーーッ！』

心なしか、『女子会（闇）【改】号』も苦しそうな音を発し始める。体がミシミシと音を立て、ひびが入っていく。十本の足の締め付けによって破壊されてしまうのも時間の問題となってしまった。

「フゴオオォォッ……♡ンゴオオオオオォォォォォォォッ……♡」

『ボーーーッ！　ボオオオオォォォォッ！』

しかし、それでも『女子会（闇）【改】号』は諦めない。イカの漏斗《ろうと》に差し込んだ触手から媚薬《びやく》入りローションを出し続け、残った全ての力を使って振動し、全力でピストン運動を行う。

大王イカも限界が近い。目の焦点は定まっておらず、いつ失神してもおかしくない状況だ。自分の意識が途切れる前に、目の前の敵を締め付けて潰し、壊す。もうそれ以外のことは考えられなかった。

「フゴッ♡　ンゴッ……♡　フンゴオオオオオオオォォォォォォォッ……♡」

『ボボッ！　ボボボボッ……！　ボオオオオオオォォォォォォッ……！』

お互いに限界が近い。どちらが先に壊れるか、ただそれを比べる男と男の根性の戦いが繰り広げられていた。

「頑張れーっ！　頑張れっ、『女子会（闇）【改】号』おおぉぉぉぉっ！　あなたは強い子よおおぉぉぉっ！」

リズが涙を流しながら応援をする。

「が、頑張れーっ！」

「が、頑張れぇ！　負けるなーっ！　女子会……号ーーーっ！」

「危険な魔族をやっつけてくれぇっ……！」

リズに感化されたのか、困惑していた周囲の兵士たちもやがて『女子会（闇）【改】号』

を応援し始める。触手を生やした巨大な味方の正体は未《いま》だよく理解できないけれど、アレが勝てばこの海に平和が戻ることだけは確かだった。

「フゴオオォォッ……♡　ンゴオオオオオォォォォォッ……♡」

『ボーーッ！　ボオオオオォォォォッ！』

「頑張れーっ！　負けないでくれーっ！」

「何やっているのかよく分からないけれど……が、頑張ってくれーっ！」

「この海の平和を守ってくれえええぇぇぇぇっ！」

戦いは絶頂を迎える。

お互いが限界を迎えながら、死力を尽くして必死に攻撃をし続ける。もう決着は近い。

残りの数瞬、男たちの最後の根性の証《あかし》を皆が固唾《かたず》を呑《の》んで見守った。

「……聖剣よっ！」

「え……？」

——そんな時だった。

この男と男の熱い戦いに横槍《よこやり》を入れる者が現れた。

「光を解き放てーーーっ！」

「イカアアアアアアアァァァァァァアアアアアッ……！」

『ボオオオオオオオオオオオォォォォォォォォォッ……！』

カインだった。彼は聖剣を天高く掲げ、強い輝きを放つ。

聖剣から発せられる強い光はそれ自体が一筋の刃《やいば》と化し、大王イカと大人のおもちゃを両方まとめてぶった斬った。数十メートルの大きさの光の剣を作り上げ、海を割り、イカを両断し、大人のおもちゃを破壊した。

「『女子会（闇）【改】号』おおおおおおおおおおぉぉぉぉぉぉぉぉっ……!!」

リズが悲痛な叫び声を上げる。

こうしてこの海の平和は、一つの勇敢な魔道具と勇者の聖剣によって守られた。

かつては邪悪な魔道具として勇者に裁かれたその魂は、新たに勇気の心を携えて生まれ変わり、凶悪な敵に正面から立ち向かって勇猛果敢《ゆうもうかかん》に戦った。

ここにいる者たちは忘れないだろう。

この海を守ろうとした誇り高き戦士が存在したことを。そして、その者は光の果てへと導かれていったことを……。

こうして今日『女子会（闇）【改】号』の尊い犠牲によって、この地の平和は守られたのだった……。

第62話　【現在】露天風呂付き客室の魔力

「…………」

「…………」

私とカイン様は二人揃《そろ》って唖然《あぜん》としていた。

目の前に困ったものが置かれているのである。

――ダブルベッド。

ダブルベッドだ。幅の広いベッドのことで、一つのベッドで二人一緒に眠ることができる特徴を持つ。ただ大きいというだけのベッドである。

その調度品自体は別に何もおかしくはない。普通のダブルベッドである。

しかしここはホテルの個室……。

そこにダブルベッドが設置されているという事態が問題であった。豪華な調度品が設《しつら》えられた客室。私たちを二人きりにしたお仲間が予約した、ホテルの二人部屋。そこに備え付けられたダブルベッド……。

そして、この部屋に泊まるのは私とカイン様の男女二人。

……男女二人だけ。

そこに込められた意味は一つしかなかった……。


順を追って説明する。

日が暮れるまで海の遊びを堪能した私とカイン様は早速ホテルへと移動していた。事前に手紙で部屋の予約は取ってあった。

……誰が予約を取ってくれたのだっけ？　確かメルヴィ様だったような気がする。

綺麗《きれい》なホテルであった。ロビーは広く清潔で、大きな水平窓から月明かりが照らす海を一望することができた。間違いなく一流のホテルである。

そしてホテルマンから部屋の鍵を受け取り、いざ予約された部屋へ。

そこは二人部屋だった。部屋は豪華で広々としており、窓からの景観も最高であったが
……何を隠そう二人部屋だったのだ。朝の時点では八人での旅行のはずだったのに、予約されていたのは二人部屋。これはもう、確信犯以外の何物でもなかった。

……まぁ、そんなことは朝の時点で分かっていた。

それはいい。二人部屋なのはまだいい。

問題なのは備え付けられたベッドがダブルベッドであることだ。恋人の関係にない者たちがホテルを利用する時は、普通ツインベッドが備え付けられた部屋を借りる。シングルベ

ッドが二つ設置された部屋ならば、何も問題は起こらない。起こりにくい。

しかし、現実の目の前にあるのはダブルベッド。二人部屋に、男女二人。そこに二人で一緒に眠ることができる大きなベッドだ。

『一発カマせっ！』という仲間の皆様からのメッセージがありありと伝わってきた。

「は、はしたないですっ……！」

私は顔を真っ赤にしながら、文句を口にする。

「私とカイン様は恋人でもなんでもないのに……こういうのは不健全だと思います！　風紀の乱れですっ……！」

「リズがそう言うのも妙な話だが……俺も今回は同意見だ。こういう、なんとなく流れで一発……みたいなのって、本来ダメだろ」

なんか前半部分が気になるが、カイン様も私と同じ考えのようだった。私はいつだって清楚《せいそ》で穢《けが》れない貴族然とした淑女ですっ……！

「まぁ、いざとなれば俺はソファで寝る。他の部屋が空いていないか、今からロビーに確認してもいいし。最悪俺は床で寝たって構わないんだからな」

「ゆ、床はさすがに……」

カイン様にそんなことをさせるわけにはいかない。けれど、カイン様はこれまでの旅の経験を語る。

「旅の中では猛獣の糞臭《くそ》いジャングルの中で眠ることもあったから、それに比べれば屋根と壁があるだけ天国さ」

「…………」

そういえばレイチェル様がそんな旅の様子を語っていたような気がする。そんなワイルドな彼らならば、どこで寝たって天国だろうけれど……。

「まぁいいや。この問題は後回しだ。どうにでもなる」

「そっ、そうですねっ……！」

何とでもなるということで、私は少しほっとする。

……と同時に、ほんの僅かな可能性、私とカイン様があのダブルベッドを一緒に使う事態はあり得るのだろうか？　とバカな考えが頭を過《よぎ》る。

……今日の下着はちょっと自信があるのだ。

「…………」

違う違う！　そんなことはあっちゃいけないのだ！

私はぶんぶんと頭を振って、バカな考えを頭の外に追い出す。

「だって私は……カイン様の恋人になる資格がないから……」

「ん？　なんか言ったか、リズ？」

「いっ……いい、いえっ！　何もっ……！」

「ふーん？」

かなり声を潜めたはずなのに、カイン様に反応される。息を漏らすように、声にすらなっていない独り言だったはずなのに。

やはり勇者様の五感の鋭さを舐《な》めてはいけなかった。

「それで……ダブルベッドばかりに気を取られていたが……」

カイン様がベッドから目を離し、大きな窓の向こう側……ベランダの方向を見る。

そこにこのホテルの部屋自慢のサービスがあった。

「すごいですね……個室に温泉の露天風呂ですよっ！」

「露天風呂付き客室。あいつら豪華な部屋取りやがって……」

ベランダには熱い湯気をもくもくと上げる温泉があった。個室に備え付けられた温泉。

これは嬉《うれ》しいサプライズであった。

「露天風呂付き客室なんて、私初めてですよっ！」

「俺は数回あるが、なんというか……大浴場とは違った風情《ふぜい》があるんだよなぁ。一人、ゆったりとした時間と空間を楽しむというか……誰もいない静けさの風情というか……」

私たちのテンションは上がる。このちょっとした気遣い、なかなかの贅沢《ぜいたく》。部屋の中のダブルベッドを見た時は「はめられた！」という思いが強かったが、こんなサプライズを用意してくださったメルヴィ様たちに感謝である。

「カイン様、お先にどうぞ！　私は後からでよろしいので！」

「んー……いや、そうだなー……」

カイン様は曖昧《あいまい》な返事をしながら、腕組みをして何かを考えている。……なんだろう？

すると彼は、ニヤッと悪い笑みを浮かべた。

「せっかくだし、一緒に入るか？」

「えっ……えええええええええっ!?」

私は驚愕《きょうがく》する。

混浴。裸のカイン様の姿がぱっと頭の中に浮かんでしまった。

確かに個室に備え付けられた露天風呂の温泉というのは、家族で一緒に楽しめるという利点の他に、恋人同士がイチャイチャ、キャッキャウフフするために用いられたりする。

私の顔がまたもやボンッと赤くなってしまう。

「いやいやいやっ！　ダメですって……！　それじゃあダブルベッドを一緒に利用するのとあまり変わらないじゃないですかっ！　そういうのはダメだって、さっき話したばかりじゃないですかっ……！」

「ハハハハハハッ……！」

汗をかき、慌てながら必死に否定の言葉を口にする私に対し、カイン様は大きな声で笑っている。

……まるで私の慌てふためく様子を楽しむかのように。

「分かってる、分かってる。冗談だ、冗談。ハハハハハッ……！」

「………」

カイン様はけらけら笑いながら、即座に前言を撤回する。

そこでやっと理解する。……私はからかわれたのだ。初めから否定されると知っていながら混浴の提案をして、私が慌てふためく様子を楽しんでいたのだ。

私は目を丸くする。……そしてその後に湧いてきた感情は、狙い通りおもちゃにされたということに対する屈辱、怒りだった。

「はー……じゃあ、先に温泉入らせてもらうわぁ。リズ、覗《のぞ》くなよー」

思いっきり笑って満足したのか、カイン様は飄々《ひょうひょう》とした様子で温泉に入る準備を始めようとする。

「………」

私は後ろから、そんな彼の服の裾をつまんだ。彼は足を止め、振り返る。

「リズ……？」

「……やっ」

「……？」

「……やってやろうじゃないですかっ!!」

「……っ!?」

私は大きな声で宣言する。

「い、いいっ……一緒に入ろうじゃないですかっ！　ろ、露天風呂にっ……！」

自分でも分かるぐらい声を上擦《うわず》らせながら、私はそう言い切った。カイン様の挑発に正面から挑んでいく。

今度目を丸くするのは、カイン様の番であった。

「お、落ち着け、リズ……混浴はマズいって……」

自分で提案しておきながら、カイン様は制止する。

「水着も裸も、それほど露出度変わりませんしねっ……！　ええ、そうです！　海と何も変わりませんともっ！」

「違うぞっ！　リズ！　水着と裸は全然違うっ！　大事な部分が隠されているかいないかは全然違うっ……！　よ、よせって、俺が悪かったから！」

「もう撤回はなしですよ！　私は覚悟を決めましたからっ……！」

テンパりながら、露天風呂に向けてスタスタ歩く私。頭の中はパニック状態で、目はぐるぐると回っている。

でももう引くことはできない。私にも意地がある。度胸がある。夢も実力もないけど、おっぱいはある！　……違った、プライドがある！

混浴がなんぼのもんじゃーいっ！

「だ、大丈夫かぁ……？」

後ろで呆然《ぼうぜん》としているカイン様の姿がとても印象的だった。


夜の暗闇の中でベランダの照明が輝き、温泉の湯気がその光を淡く滲《にじ》ませている。乳白色の湯の水面に光が反射して、きらきらと輝いている。

私とカイン様は一糸まとわず、背中合わせで一緒に湯船に入っていた。


「…………」

「…………」


……熱い。

これは温泉の熱気のせいなのか、激しく打つ心臓と自分の体温のせいなのか、分からなくなる。カイン様と背中合わせで肌をぴっとりとくっつけている。お互いの裸を見ないようにする配慮であったが、彼の肌のぬくもりが生々しいほど私の背中に伝わってきて、緊張で体が硬くなってしまう。

ちょろちょろと流れるお湯の音と、すぐ近くの海の波の音が混ざり合って響いてくる。とても優雅で、極上の癒《い》やしを感じられる空間。景色、音、温泉の熱気、温泉の匂い……、そして夜の空には月と星が輝いている。全ての要素がこの最高の癒やしの空間を作り上げていた。

「…………」

しかし、私はそれどころではない。

すぐ後ろには裸のカイン様がいらっしゃるのだ。しかも、贅沢《ぜいたく》にも裸同士で背中をぴたりとくっつけ合っている。

こんな場面を勇者ファンの方が見たらどう思うだろうか。怒り、発狂、打ち首、獄門、市中引き回し……。想像を絶するほどに羨ましがるだろう。私の友人のルナ様なんて、卒倒してしまうかもしれない。

心臓がバクンバクンして止まらない。お湯に浸かっていないはずの頬が熱くて熱くて堪《たま》らない。カイン様の挑発に乗るべきではなかったと後悔している自分と、彼の温もりを感じて天国にいるような心地を味わっている自分がいる。

（……幸せなのかもしれない）

頬に手を当てながら、温泉の湯の中で浮かれていた。

……と、同時に気付く。

汗の匂いだ。自分は今、大量の汗をかいている。温泉に入っている以上当然のことではあるが、この匂いがカイン様に届いてしまっていないだろうか。

周囲は硫黄《いおう》やいろいろな成分の匂いで満ちている。だから自分の汗の匂いなんて当然他

の誰かには分からない、はず。……しかし相手は勇者様。温泉の中から後ろの人間の汗の匂いを嗅ぎ分けるくらいできてしまうかもしれない……！

ダメだっ……！　それだけはやめてほしいっ！　そんなことになったら、私は恥ずかしさのあまり死んでしまうっ！　一緒に温泉に入らなければ良かった！　今になって強い後悔が押し寄せてくる。汗の匂いが届かないでいてほしいっ……！　乙女の尊厳の危機の中、私の頭の中はぐるぐるとなって混乱していた。

「はっ……！」

「ん？」

そこで気付く。逆転の発想だ。

私が汗をかいているということは、当然カイン様も汗をかいているに違いない。どうにかして、その匂いを嗅ぎ取れないだろうか？

「すーーーはーーー……」

大きく深呼吸してみる。……やはり難しい。温泉の硫黄《いおう》の臭いは強く、さらには海の潮の匂いまで漂っている。この中でカイン様の汗の匂いだけを嗅ぎ分けるのは、至難《しなん》の業《わざ》である。

しかしこんなところで諦めてどうする、私。もうこんなチャンスは二度とないかもしれない。……いや、普通あり得ないのだ、こんな僥倖《ぎょうこう》は。ここで諦めてはカイン様の汗の匂いを嗅げないまま一生が終わってしまう。

それでいいのか、私。こんな僥倖を棒に振って人生を全うしたと言えるのか、私。

「すーはーすーっ！　くんかくんか！」

鼻をクンクンと動かし、嗅覚に神経を集中させる。

「くんかくんかすーはーすーはー！　くんかくんかすーはーすーはー！」

やってみせる。私ならできるはず。

いくら硫黄の臭いが強くとも、どんな困難が待ち受けていたとしても、私は成し遂げてみせる！　そこに桃源郷《とうげんきょう》があることは分かっているのだ。ならば、挑戦しなければ女ではないだろうっ……！

「くんかあああああぁぁぁっ……！　すーはああああああぁぁぁぁっ……！」

私はありったけの力を注いで、周囲の匂いを嗅ぎ取った！

カイン様の汗の匂いを感じ、至高の領域に至るためにっ……！

「……息を荒くしてどうした、リズ？」

「ひゃっ、ひゃいっ……!?」

そこではっとする。

カイン様に声を掛けられて正気に戻った。

「………」

……何をやっているんだ自分は。人の汗を嗅ぎたいなんて変態的なこと、清廉《せいれん》な淑女たる私がやることではないだろう。

ふー……、旅行って怖い。人を間違った方向に開放的にさせてしまう。私がこんな変態的なことを試してしまったのは、全てこの旅行と、露天風呂付き客室という特殊な状況のせいであった。……うん、そうに違いない。

「い、いやぁ、べ、別に……ちょっと深呼吸を……」

「ふーん……」

「ほ、ほらっ！　温泉って独特な匂いがしますでしょ？　その匂いをちょっと堪能していまして……」

「確かにこの温泉は硫黄《いおう》の臭いが強いな」

ふー……危ない危ない。さすがにこの距離だと変に思われちゃうか。

でも温泉の中でカイン様の汗の匂いを嗅ぎ分けようなんて、そんな変態的で意味不明な意図はバレるはずもなく……。

「……でも俺の汗の匂いを嗅ぎ分けようと頑張るのはいいけど、公共の場じゃやるんじゃねぇぞ。めっちゃ不審者だからな、その行動」

「ばっ、バレてるっ……!?」

私の体がびくりと跳ねる。まさか真意がバレるとは思わなかった。

清楚《せいそ》で清純な私がそんなことをするなんて普通予測できない……いや、私だって自分自身の行動に驚いているというのにっ！

やはり侮《あなど》れない人だ、カイン様……。

「まっ、まっさかぁ……！　わ、私がそんな変態的な真似す、するわけないじゃないですかぁ！　あははは……」

「今『バレてる』ってめっちゃ言って……いや、いいや、この件は」

「そ、そういえばこの温泉って、美肌や高血圧にいいとか、疲労回復などの効能があるみたいですね～～っ！」

露骨に話題を逸《そ》らしにかかる。私は湯船の傍《そば》に書いてある温泉の効能を読み上げた。

「そういう温泉の効能って実際、どれくらいの効果があるんかね？　疲労回復なんてどこにでも書いてあるイメージだけど？」

「クオン様の魔王城別荘にあるスーパー銭湯は冷え性改善、傷の回復、疲労回復などの効能があるって謳《うた》ってますね」

「え、なに？　そんなこと覚えてんの？」

「私とメルヴィ様とラーロ様はあの温泉のヘビーユーザーですから」

元々、カイン様たちが私たちの通う学園に編入してきたのは、シルファ様とメルヴィ様とラーロ様が魔王軍との戦いで深手《ふかで》を負ってしまったからだ。それ以外にも理由はあるが、表立った主な理由はそれだった。

その中でもシルファ様は早めに全快なさったが、メルヴィ様とラーロ様はまだダメージが残っていて療養が必要であった。そんな傷にもよく効くとの評判で、私たちは魔王城別荘のスーパー温泉に足繁く通っていた。

「なるほど、そういう理由か。……メルヴィはそろそろ全快だって聞いているが」

「はい、本人もそうおっしゃってます。もう戦闘にはほとんど支障がないようですよ」

「そうなると後はラーロだが……ラーロは長引きそうだよなぁ」

「お年がお年ですからねぇ」

勇者チーム唯一のお爺《じい》ちゃん。傷とダメージの回復が遅いのも仕方なかった。

「それで？　リズはなんでメルヴィたちと一緒に温泉に入ってんの？　別にどこもケガしてねえだろ？」

「筋肉痛が凄《すご》いんですよっ！　毎度毎度『誰でもできる！　勇者式ブートキャンプ』とかいうふざけた特訓のせいでっ……！」

「す、すまんって……。でも強くなるためには必要な特訓だし」

「それは分かってますけどっ……！」

以前よりは酷《ひど》くはなくなったが、私はまだ筋肉痛に悩まされている。強くなっている実感はあるが、強くなるにつれて『誰でもできる！　勇者式ブートキャンプ』のメニューも過酷になっていくのだ。

　私の温泉通いはしばらく続きそうだった。

「『バッドバニーコスチューム』の負荷も結構きついのですよね。毒とか麻痺《まひ》とか……訓練終了後には回復させてくださるとはいえ、あれでどっと疲労が溜まるのを感じます」

「実際にアレかなりキツイからな。レイチェルやラーロですらアレには結構苦しめられていたぞ」

『バッドバニーコスチューム』。それは勇者パーティーの新人たちが行う訓練であった。

勇者パーティーが用意した衣装を着て訓練を行うと、その衣装が使用者に眩暈《めまい》や毒、能力低下、状態異常などなど、さまざまなバッドステータスを付与してくるのである。

　それらの負荷に耐えて体を慣らしていくことで、たくさんの状態異常に対する耐性を効率良く身に付けることができるという、優れたトレーニングアイテムなのである。

　発想がスパルタだけどっ……！

　状態異常への耐性を付けるために、普段から状態異常になろう！　って発想が頭おかしいのだけれどっ！　誰だっ!?　このトレーニングの発案者は……!?

　そもそも、そのユニフォームがバニーガールのコスプレ衣装であるのもおかしい。

「あー、思い出しただけで気分が悪くなってきます。私はまだ当分あのバッドバニーコスチュームから卒業できそうにありません……」

一通りの耐性を身に付けたら、バッドバニーコスチュームから卒業できる。勇者パーティーに入る新人たちの最初の関門なのであった。

「でも、ほらリズ。最近新人が入ったじゃねえか」

「アルティナ様ですよねっ！　彼女の『バッドバニーコスチューム』姿は本当に美しいですっ！　最高に似合ってますよねっ！」

新しい聖剣を持つもう一人の勇者であろうが、新人は新人。アルティナ様も『バッドバニーコスチューム』を着て訓練を行っていた。

頭の中で彼女の姿を思い浮かべる。露出度の高い黒いバニー姿。アルティナ様は顔を真っ赤にして恥ずかしがっていた。

それだけじゃない。半獣人という彼女の特徴がバニーガールの衣装と面白い親和性を生み出していた。初めから猫耳が生えているのに、そこにウサギ耳を付け、お尻から猫の尻尾が生えているのに、そこにウサギの白くて丸い尻尾を付ける。

猫ウサギ獣人という、特殊なコスプレが生み出されていた。

「アルティナ様のあの姿を見ると、今日も訓練頑張ろう！　って気分になります」

「それは分かる」

珍しくカイン様からも同意が得られた。

バッドバニーコスチュームを誰が最初に作ったのか、私には教えられていないけど、その点に関してだけは製作者さんに感謝である。

「でもアルティナ様は最初から実力が高いから『バッドバニーコスチューム』の卒業も早いでしょうね……」

「そうだろうな。早めにたくさん写真を撮って、脳に記憶を焼き付けないとな」

彼女は勇者パーティー加入時点で、もうすでにある程度の状態異常への耐性を身に付けていた。私より卒業は早いだろう。

「ヴォルフも、もうそろそろ卒業だしな。……っていうか、さっさと卒業してくれ」

「はい……」

ががたいの良いヴォルフ様も『バッドバニーコスチューム』を着て訓練を行っている。当たり前だが、全然似合っていない。本人からも苦情は出るし、周りの仲間たちからも苦情が出ている。

誰も得していない。でも新人訓練は行わないといけない。ジレンマだった。……いや、同じ機能を持った別の衣装を用意すればいいだけだろうに。

ちなみにヴォルフ様のバニー姿を見に、リミフィー様が見学に来たことがあった。ドン引きするかと思われたが、その時の彼女の感想は「コレはコレでアリ」というものだった。

私たちは恋がどんなに愚かで、理性を失うものかということを痛感した。

「あ、そういえば……アルティナ様といえば、なんですけど……」

「なんだ?」

私は少し話題転換をした。

「カイン様って、女好きなのですか?」

「ぶっ……!?」

私の少々ぶっこんだ質問に、カイン様が何かを口から噴き出す音をたてた。別に何も口に含んでいなかっただろうに。

「いえ、その……ほら、この前アルティナ様が新たにカイン様の恋人となったじゃないですか」

「そ、そうだな……。それで、なんだ? もしかして、シルファやメルヴィから不満が出てたりするのか?」

「いえ全然。ですがこれから先、カイン様はまた恋人を増やしたりするのかなぁ? ……って話題になっていたんです。女性陣の間で」

「…………」

カイン様が返答に困っている。それが背中越しにもありありと伝わってきた。

彼がゆっくりと口を開く。

「女好きではない……と思う。一応言っておくが、シルファとメルヴィと婚約したきっかけは、大国と宗教組織の権力闘争によるところが大きい」

「はい、話は聞いています」

シルファ様とメルヴィ様のお二人は、国や教会の都合で勇者様の婚約者に抜擢《ばってき》された。本人の気持ちは抜きにして。

ただそんな事情があっても、人間関係がぎくしゃくするなんてこともなく、皆仲良くラブラブいちゃいちゃしているのだから凄《すご》いと思う。カイン様のコミュ力が高いのかな？

「まぁ、そんなわけだから、新たに婚約者をあてがおうとする組織があってもおかしくはない。よほどの理由がない限り断るつもりだが……、つーかもう何度も断っているが、もし万が一、そのよほどの理由ができちまったら……」

「婚約者を受け入れざるを得ない？」

「……権力と政治は複雑で、剣でぶった斬れねぇのが厄介だな」

本当に面倒くさそうに、カイン様が大きなため息をつく。私は少しだけ振り返り、カイン様の手をじっと眺めた。

「そういうわけで、男らしくない発言だが、今後婚約者が増えないとは言い切れない……ってのが俺の結論だ」

「勇者という立場を背負っていなかったら、ビンタの一つも食らってもおかしくない発言ですね」

「……だな」

私たちは苦笑する。勇者という立場の難しさ。シルファ様とメルヴィ様、そしてアルティナ様もその事情はよく理解しているため、諍《いさか》いは今のところ起きていない。仲良しチームを守るためにもいろいろな苦労があるんだろうなぁ、と勝手に想像していた。

カイン様もほんの少しだけ振り返り、私の手を見返す。

「しかし……この質問をリズにされるとはな。なんだか奇妙な気分だ」

「え……？」

カイン様は苦笑する。それはため息交じりの苦笑であった。どうしてか分からないけど、そこに複雑な感情が込められているような気がした。

私がこの質問をするのが、何かおかしかったのだろうか？

「なぁ、リズ……」

「カイン様？」

彼が小さな深呼吸をした。聞きにくいことでもあるのだろうか？

「もし俺が恋人を増やす！　って宣言をしたとして……」

「は、はい？」

「……その時は立候補してみるか？　しないか？　どうする？」

「え……えええええええええええええっ!?」

私の頬がまたボンッと赤くなる。突然のぶっこんだ質問に、私の頭の中はぐるぐると混乱をし始める。

後ろでカイン様のクククと笑う声が聞こえてくる。

……これはあれだ。私はまたからかわれているのだ。ついさっき、混浴を提案された時と同じように。

カイン様が挑発してくるのなら、私だって受けて立つべきだろうかっ⁉

「………」

だけど、どうしてだろう。

温泉の熱気の中で、私の頭の中が急激に冷めていくのを感じた。

「わ、私は……」

「うん」

「………」

踏み越えてはいけないラインがある。ここがそのちょうどギリギリ。

だから、私の頭は冷静になっていったのだ。

「しない、と思います……」

「………」

静かな声でそう答える。

なぜだろう。カイン様の背中から、ちょっとした落胆の気持ちが伝わってきた。……別に私のことが好きなわけでもないだろうに。

「そのっ、あのっ……！　カイン様の言うもしもの話は、とてもとても光栄なお話なのですが……」

「………」

「私では、カイン様とは釣り合いませんので……」

「釣り合わない？」

「はい」

お湯の中に顎先だけ少し沈めて、頷《うなず》く。

「カイン様は世界的な大英雄。一方、私はただの一学生。釣り合うわけがありません。それこそ政治的な話とか権力的な話とかで、誰も納得しないでしょう」

「なんだ、リズでもそんな小さいこと気にしたりするんだな」

「小さいこと……ですかね？」

私はため息をつく。胸の内がどんどん悲しさで沈み込んでいくのを感じてしまう。

「大きいですよ……とってもとっても、大きい……」

「………」

「だって相手は……勇者様なんですもの……」

沈黙が流れる。

お湯の流れる癒《い》やしの音も、海の波が打ち寄せる安らぎの音も、この重い沈黙が塗り潰して暗闇の中に沈めてしまう。

夜空には大きな月が輝く。だけど、それは手を伸ばしても掴《つか》めそうにない。私は……勇者様のお相手としてふさわしいものを、何一つとして持っていなかった。

「……まぁ、この話題は今はやめておくか。全部仮定の話。もしもの話だ」

「はい……」

カイン様が音もなくお湯から上がる。水が揺れる音すら立てず、静かに浴槽から這《は》い出ていく。

「……これでいいんですよね」

一人になったお湯の中で、小さく呟《つぶや》く。

今日は楽しかった。海でカイン様と一緒に遊んだ。お互いの水着姿を見せ合った。そして、一緒に露天風呂にまで入ってしまった。

これが私の最大の僥倖《ぎょうこう》。

――そして、私の勇気はここでおしまい。

一緒に露天風呂に入り、星を眺める。それが私に許されたギリギリのライン。

それ以上など、望んではいけないのだった。

＊＊＊＊＊

一方、ほぼ同時刻。

同じホテルのとある大部屋。露天風呂は付いていないが、十人ほど同時に泊まれそうなほど広く豪華な一室。その隅で大勢の若者が体を寄せ合い、何かに熱心に耳を傾けていた。

『カイン様って、女好きなのですか？』

『ぶっ……!?』

「おっ！　いいぞっ！　リズが攻め込んだ！」

「いけーっ！　いくのよ、リズ！　カインなんかそのまま攻め倒しちゃいなさい！」

それはカインとリズ以外の勇者パーティーの面々だった。皆でカインとリズの会話を盗聴しているのだ。

カインとリズの部屋を予約するのはメルヴィの役目であった。それを利用して、彼女たちはカインやリズよりも先にその二人部屋の中に入り、盗聴用の魔道具を仕掛けて回っていた。

そして受信用の魔道具を自分らの泊まる大部屋に設置し、二人の会話を盗み聞いていたのである。

『いえ全然。ですがこれから先、カイン様はまた恋人を増やしたりするのかなぁ？　……

って話題になっていたんです。女性陣の間で』

『………』

「ヒューッ！　困っとる！　困っとるぞ、あの女たらし！　これまでの天罰じゃ！」

「さーて、カインはどう答えるかな？」

「少なくとも一人、リズさんは増やさないといけませんもんね。そのその、リズさんが力を回復させて記憶が戻りましたら……」

　この場は大いに盛り上がっていた。さながらスポーツ観戦のような熱気に包まれており、二人の会話を肴《さかな》に酒がよく進んでいた。

『そういうわけで、男らしくない発言だが、今後婚約者が増えないとは言い切れない……ってのが俺の結論だ』

『勇者という立場を背負っていなかったら、ビンタの一つも食らってもおかしくない発言ですね』

『……だな』

「笑っとる場合かーーーっ！」

「こいつはやっぱり女の敵よっ！　シルファ、どう思うのよ!?」

「まぁ、そこら辺の事情は既に承知の上だからな。ただ、我々女性陣の不和に繋《つな》がるような無節操な行為は控えてほしい、ぐらいは思っているかな」

「かーーーっ！　あんたたちカインにめっちゃ甘いんだから！」

「リズーーーっ！　その男にビンタしてやるのじゃ！　今すぐ！　この瞬間、その風呂の中で、思いっきり殴っちゃれーーーっ！」

当然だがこちらの声は向こうの二人には届いていない。盗聴は一方的で、会話が繋《つな》がるようなものではなかった。

『なぁ、リズ……』

『カイン様？』

『もし俺が恋人を増やす！　って宣言をしたとして……』

『は、はい？』

『……その時は立候補してみるか？　しないか？　どうする？』

『え……えええええええええええええっ⁉』

「おっ⁉　逆にカインが攻め込んだぞ⁉」

「わっはっは！　盛り上がってきたのぅ！」

「この質問にはどのような意図があると思われるか？　メルヴィ解説員」

「えっと、そのその……わたしも専門家ではないのですが……これはイタズラを兼ねたカマかけ、って程度の意味合いじゃないですかね？　本気じゃないと思います」

「リズの驚愕《きょうがく》の声の横で、カイン殿のあくどい笑い声もしとるしな」

この時カインは冗談半分でもあったが、リズの反応を見て、今現在の彼女が自分のことをどう思っているのか推し量ろうとしていた。

記憶を失う前と同じ感情が今の時点でも育《はぐく》まれたら、それが記憶を取り戻すきっかけになるかもしれない。

力が元に戻らずとも、記憶だけが戻る。そんな可能性もあるのではないかとカインは思案していた。例えそうなったとしても何もデメリットはなく、リズを元に戻したい彼らにとってみれば、それは大きな前進であった。

そんなことをカインは考えていた。

『…………』

『わ、私は……』

『うん』

『…………』

『しない、と思います……』

「あっ！　リズが引いたっ!?」

「何やってるのよー！　リズーっ！　いつもの鋭い攻めはどうしたーっ!?」

「攻めろー！　そうしないと、盛り上がらんじゃろうがー！」

本人たちには決して聞こえないヤジが飛ぶ。

『私では、カイン様とは釣り合いませんので……』

『釣り合わない？』

『はい』

「こらーーーっ！　引くなー！　リズーーーっ！」

「攻めろー！　攻めなければ勝てぬぞーっ！　カインの心にジャブ、フック、ストレート、アッパーじゃ！」

「ねぇ、そういえばこの前の女子会でさ、リズ似たようなこと言ってたよね」

「そのその、そうですね、アルティナさん。『カイン様と私では全く釣り合いが取れません』と、確かそのようなことをおっしゃっていました」

その諦観のようなリズの感情に女性陣たちは悩み、このお節介デートが計画されたのだ。しかし、リズの気持ちは変わっていないようだった。

「何をアホウなことを言っとるのじゃ！　恋とは釣り合う釣り合わないじゃないじゃろ！　恋とは情熱じゃ！　心と魂の思うまま、バカになって前だけを見て突き進む！　それが恋ってもんじゃろうがいっ……！」

「その通り！　クオンの言う通りよ！　よく言ったわ、クオン！」

「これは……最終手段の決行も検討に入れるべきかもしれないな。……やり口がリズと似通ってしまうのが難点だが」

彼女らには最終手段があった。それは『彼らに媚薬《びやく》を仕込み、ダブルベッドで一発一夜の大冒険』大作戦だ。

その名の通り彼らに媚薬を仕込んで、ダブルベッドで一緒に寝るように仕向ける。そうしたらリズも「自分が釣り合う、釣り合わない」などと下らないことを言っていられなくなるだろう。

もうすでに媚薬は用意してある。これをお酒にでも混ぜて、ホテルマンにルームサービスとして持って行ってもらえば、後は何とかなるはずだった。

やり口が記憶を失う前のリズと酷似《こくじ》しているが、自分のやってきたことが自分に返ってくると考えれば、まぁこの方法でもいいかと皆納得するのだった。

「しかし、露天風呂付き客室を探して正解だったわね！　ここまで面白い会話……ゲフンゲフン、リズの困った心情を知ることができたのだから！」

「そうじゃの！　温泉によってリラックスできているからこその楽しい会話……ゲフンゲフン、赤裸々な感情を把握できて、こちらも次の一手を打てるというものじゃ！」

「……そうだな。露天風呂は本当にありがたかった。十分に楽しませてもらったぞ」

「そうそう！　リズとカインは後であたしたちにふかーくお礼を……えっ……？」

――その時だった。

そこにいるはずのない人間の声が聞こえてきた。

盗聴器に集中していた皆が冷や汗を垂らしながら、バッと後ろを振り返る。そこにはやはり、盗聴器の向こう側にいるはずの人間が肩を怒らせながら仁王立《におうだ》ちしていた。

「レイチェルの言う通りお礼をしに来てやったぞ。……お礼参りという名の、礼をな」

「………」

カインがいた。

腰にタオルを一枚巻いて、びしょ濡れのまま腕を組んで立っている。こめかみには青筋が立っており、強いプレッシャーを放っていた。

「あ、あはは……こ、こんなところで会うなんて……き、奇遇ね、カイン……」

「奇遇？　奇遇か？　本当に？　そんなところから怒らないといけないのか、俺は？」

「………」

レイチェルの……いや、この場にいる全員の額から汗が垂れる。

カインがここにいる理由は、当然リズによる空間歪曲魔法《くうかんわいきょくまほう》であった。盗聴魔道具とその受信機は当然魔力の繋《つな》がりがある。それを探知すれば、この場所を探り当てることなど造作もなかった。

勇者パーティーの皆はミスをしたのだ。魔力の繋がりによって自分たちの居場所の手掛かりを掴《つか》ませてしまうという、重大なミスを。

カインは温泉に浸かっている途中で、盗聴器の存在に気が付いた。そこでリズとの会話を途切れさせぬまま、ハンドサインだけで作戦行動を伝え合う。二人が少しだけ振り返って、お互いの手をじっと見ていたのはそのためだった。

かくしてカインとリズは盗聴先の相手に行動を見抜かれないまま、作戦を成功させたのであった。

「お前らがお節介を焼いて俺らを二人っきりにしたのはいい。良い個室も取ってくれたみたいだしな」

「はは、じゃあ……」

「だが盗聴は許さん」

「………………」

カインが拳をぎゅっと握り、そこにはーっと息を掛ける。

「とりあえず、横に一列に並べ」

「………………」

抵抗に意味などなかった。

この直後、皆の口から悲鳴が上がりながら、頭の上に大きなたんこぶができたことは言うまでもないのであった。

第63話　【現在】闇の海より這《は》い出た混沌《こんとん》の蛇

「わっ、わっ、わっ……！」

「まだまだぁ！　もっと早くするわよぉっ！」

「ひいいいいぃいぃいっ！」

カンカンカンと小気味良い音がリズミカルに鳴り響く。軽いピンポン球を台のこちら側から向こう側へ、向こう側からこちら側へ、ラケットを使って球を弾《はじ》き続ける。

私たちは温泉卓球を楽しんでいた。

盗聴事件が発覚した後、勇者パーティーの皆様とクオン様は、カイン様にこってりと搾られていた。その後は普通に合流し、頭にたんこぶを作ったまま皆でこのホテルにある娯楽施設を楽しんでいる最中だった。

カイン様との二人きりの時間は終わってしまったが、皆様と一緒に遊べるのは純粋に嬉《うれ》しかった。……この場に来ているだろうことは何となく察していたし。

今、私がやっている温泉卓球の相手はレイチェル様だ。お互いこのホテルの浴衣《ゆかた》を着て、ピンポン球を弾き続ける。

「もっともっといくわよぉっ！　あたしの本気はこんなもんじゃないわっ……！」

「わっ……！　わあああああぁぁぁぁっ⁉」

この温泉卓球には技量など関係ない。私たちは二人とも初心者であるし、使うラケットもボロボロ。球に回転を掛けるなどの高度な技能は持ち合わせていなかった。ただただこちらに来た球を相手の方に打ち返すだけである。

しかし、速い。球のスピードが速すぎるのだ。

魔王軍を打ち破るために鍛えられた腕力と反射神経が、ボールの速度を極限まで高めている。人間の限界を超えた温泉卓球。私はレイチェル様の猛攻を何とかしのぐので精一杯だった。しかし、彼女にはまだ余裕がある。

ピンポン球には魔力による強化が成されていた。そうしないとラケットを使って打つだけで球が粉々に砕け散るためである。

速度が速過ぎて、球が幾重にも重なって見える。一瞬でも気を抜けばこのスピードに付いていけなくなる。脳が焼け切れてしまうかと思えるほどの集中力と反射神経を使ってピンポン球の位置を把握し、筋肉がちぎれるかと思えるほど高速で動き回ってラケットを振り続ける。

なんだ、これは？　修行か？

これはもはや卓球というより別のスポーツ……いや、スポーツですらない何かなのではてしまう。

ついに私はレイチェル様の球の速度に付いていけず、ボールを打ち損ねて高く打ち上げ

「くっ……あっ！」

ないだろうか？

「もらったあああああああぁぁぁぁぁぁぁぁぁぁっ！」

彼女がボールに合わせて高く飛ぶ。そしてそこから渾身《こんしん》のスマッシュが放たれた。

まるで強烈な爆発魔法が放たれた時のような轟音《ごうおん》を発して、球が私のコートにバウンド

する。そして避《よ》ける間もなく、ボールは私の顎を強く直撃した。

「ぐわあああああぁぁぁぁぁぁっ……！」

私の体が吹っ飛ばされる。たった3グラム程度の軽い球から、信じられないほど重い重

い衝撃が伝わってくる。

私はドサリと床に倒れた。顎を叩《たた》かれ、脳が揺れ、視界がくわんくわんと回っている。

全身に力が入らず、しばらく立ち上がることはできそうになかった。

「そこまで！　リズ、KO！　勝者、レイチェル！」

「ふふん！　やったわぁっ！」

ノックアウトによる私の負け。……卓球ってこんな競技だったっけ？

卓球台とこの部屋全体には衝撃吸収と防音の魔法が厳重に張られている。そうしない

と、打ち損ねたボールがこの部屋の壁を打ち砕いてしまうからだ。……卓球ってそんな用意必要だったっけ？

かくして私はレイチェル様に敗北した。担架に乗せられ、すぐ近くのベンチに運び込まれる。そこで横になっていた。……卓球に担架って必要だったっけ？

「さぁ、次は我々の番だな。アルティナ殿よ、準備はいいか？」

「当然。いつでもかかってきなよ」

次の対戦カードはシルファ様対アルティナ様だった。お二人とも、私たちと同じ浴衣《ゆかた》を身に纏《まと》い、卓球台越しに向かい合う。

「ふふっ、新入りの実力とやらをチェックしておかないとな」

「下剋上《げこくじょう》ってやつを味わわせてみせるよ、先輩」

お互い、静かな闘志が膨れ上がっている。ゴゴゴゴゴと、見えない炎が燃え盛っているかのようだった。

「いくぞっ！」

「負けないよっ！」

かくして二人の戦いは始まった。

そう、戦いだ。これはもはやスポーツとか試合とかいう表現は似合わない。戦闘と呼ぶべき行いだった。

ラケットの放つ球の一発一発に、とんでもないほどの威力が込められている。恐らく普通の魔物であったらこの球の風圧だけで消し飛んでしまうだろう。

間違いなく殺傷能力を持っている。一般人は決してこの部屋の中に入ってはいけない。そんな危険な戦いだった。

球のスピードも二人の動きも、私が試合をしていた時よりずっと速い。というより、速過ぎてボールが消えているように見える。二人のラリーは私の動体視力の限界をとっくに超えて神速の領域へ。

一回一回の打球の音すらまともに聞き取れない。連続した音のまとまりがずっと鳴り続けているようにしか聞こえない。

「ふっ、ふっ！　やるなっ、アルティナ殿っ！　まさかそう仕掛けてくるとはっ！」

「新入りだからってねぇ！　ボクだって勇者なんだっ！　勇者舐《な》めるなぁっ！」

それでもお二人は真剣な表情でラケットを振り続け、卓球という名の戦闘行為が止まることはない。お二人には全てが見えていて、私の試合の時より高度な戦いを行っていた。

人間の限界を超えた怪物同士の戦いに、私の理解は追いつかなかった。

私はベンチの端っこでコーヒー牛乳を飲みながら、その様子を眺めていた。

「二人ともやるわねぇ！　勝った方があたしと試合だからねっ！」

隣にはレイチェル様がいて、私と同じくのんびりコーヒー牛乳を飲んでいる。

「レイチェル様はあの球のやり取りが見えますか？」

「え？　見えるわよ？」

さも当然のように返事をされる。

「…………」

私は何もないように見える卓球台を、目を凝らしてじっと眺める。だからって何も変わりやしない。急に球が見えるようになるわけではない。急に覚醒して、彼女たちの領域に手が届くようなことなど起こりやしない。

手に持つコーヒー牛乳をちびちびと飲んだ。

「見えない……」

私はぼそりと呟《つぶや》く。

「私には、見えないなぁ……」

シルファ様とアルティナ様の戦いは互角のまま続く。実力は伯仲《はくちゅう》し、長い打ち合いが止まることはない。

しかし、戦いは大きな転機を迎えた。

ハプニングだ。突如、この戦いに予想外の出来事が起こった。

「……ぬっ？」

「えっ？　……にゃっ、にゃああああああぁぁぁぁぁぁっ!?」

お二人が着ているのはこの旅館の備品の浴衣《ゆかた》である。その衣服を体に固定するのは腰に巻く帯だけであり、ボタンやファスナーのようなものは存在しない。

着やすく、脱ぎやすい。寛《くつろ》ぎやすいラフな衣類と言えるが、逆に言えばはだけてしまいやすいとも言える。

そして、お二人が行っているのは超次元卓球である。鍛え上げられた身体能力をフルに活かした、物凄《ものすご》い運動量の戦いだった。

つまり、率直に言うと……。

……が見えてしまったのである。

「おっぱいっ……！」

「にゃっ、ちょっ……！　こっち見るなぁっ！　リズ、レイチェルっ！」

アルティナ様が顔を真っ赤にしながら、両手で浴衣の前をぎゅっと閉め、恥ずかしそうに身を縮めてしまう。

「隙ありっ！」

「えっ……？」

だが、その隙をシルファ様に突かれてしまった。

彼女もアルティナ様と同じ状況で、おっぱいがぽろりと見えてしまっている。……であるにもかかわらず一切の動揺もなく、おっぱいを揺らしたまま相手のコートにスマッシュ

を叩《たた》きこんだ。

「ふふっ、まだまだ甘いな、アルティナ殿」

「い……いやいやいやっ！　そうじゃないでしょっ！　こんなことやってる場合じゃないでしょっ……！　早く君も胸を隠しなよ、シルファ！」

アルティナ様は恥ずかしさのあまり動揺を隠せない。しかし、シルファ様はおっぱいを晒《さら》しながら堂々としていらっしゃった。

「おっぱい！　おっぱい！　おっぱいおっぱいおっぱいっ……!!」

「少しは視線を逸《そ》らすとかしたらどうだい!?　淑女なんだろ、リズっ！」

おっと、アルティナ様の言うとおりである。ついおっぱいにテンションが上がってしまった。上品な淑女らしく、自重《じちょう》しなくては。

でもやっぱり、お二人のおっぱいは形もいいし大きさも最高だぜっ……！

「新入りにアドバイスをしよう、アルティナ殿。これが経験の差だ」

「け、経験の差……？」

シルファ様が宣言する。

「この勇者パーティーで活動を続けていけば、おっぱいがポロリとこぼれたぐらいでは少しも動揺なんてしなくなるっ！　もっと恥ずかしいことなんて、幾らでも起こり続けるっ！　こんなこと、取るに足らない些細《ささい》なことになるのだ！」

「なにそれっ……!?」

アルティナ様は驚愕《きょうがく》した。

「ボ、ボクはどんなことやらされるのっ!?　こ、怖いっ……！」

「大丈夫、怖いのは最初だけさ……」

「ヤダーーーーーーッ！」

アルティナ様は戦々恐々となった。近くにいたレイチェル様もメルヴィ様も、シルファ様の言葉にうんうんと頷《うなず》いている。

……本当になんなのだろう、この勇者パーティー。私も新人であるだけに怖い。

その後、この動揺が尾を引いてアルティナ様はミスを連発した。おっぱいポロリも何度かしてしまう。それでもシルファ様は一切揺るがない。

勝利の栄光はシルファ様のものとなった。

「アルティナ殿よ、これが新人への洗礼だ」

「納得いかないっ……！」

耳まで真っ赤にしながら、アルティナ様が叫ぶ。

「全然納得いかないんだーーーっ！」

彼女の叫び声は、未来への不安に呑《の》み込まれて消えていったのだった。

——場所が変わって、夜の海岸。

月明かりに照らされながら、私たちは夏の風物詩を堪能していた。

「見なさい！　両手持ち花火大回転ーーーっ！」

「わぁっ、色とりどりで綺麗《きれい》ですっ！」

「楽しいのはいいが、火の扱いには注意しろよ、レイチェル」

「花火程度の火でケガする奴なんて、ここには一人もいないでしょっ！」

私たちは海の近くで手持ち花火を楽しんでいた。

予《あらかじ》め魔術が仕込んである棒状の魔道具であり、先端に火を付ければ誰でも簡単に花火を楽しむことができる。

祭りとかで打ち上げられる大きな花火のような派手さはないが、気軽に楽しめ、魔術の種類によってさまざまな色や形の花火を堪能できるお手軽魔道具であった。

「ほれっ！　皆の者、見よっ！　うんこ花火じゃっ！　キャハハハハ！」

「情緒、小学生か」

クオン様が黒くて細長い燃えカスが出てくる花火に火を付ける。俗に言う『うんち花火』というやつだ。うん、いつ見てもそこはかとなく下品である。

クオン様が楽しそうだから、何も言うことはないのだが。

「じゃあ、ねずみ花火付けますよー」

火薬を詰めた細い紙の管で輪を作り、そこに魔術を掛けて花火としたもの。『ねずみ花火』である。火を付けると、くるくると回りながら火花をまき散らし、まるでネズミのように地面を走り回るのが特徴的な花火である。

今回はたくさんの色のねずみ花火を用意したので、一度にたくさん火を付けるだけでとても華やかになり、壮観であった。

「なんだ、アルティナ。ねずみ追いかけたくなったか？　狩猟本能が騒いだか？」

「バ、バカにするなよな！　子供じゃあるまいしっ……！」

そう言うアルティナ様であったが、ねずみ花火を見ながら猫耳や尻尾がぴくりぴくりと反応していた。動いているものを見るとどうしても体が反応してしまう……。猫の習性が本能に刻まれた種族の、悲しい性《さが》であった。

皆でさまざまな種類の花火を楽しむ。

真っ暗な海の波の音を聞きながら、闇夜の中で空の月と花火の光だけが眩《まぶ》しく輝く。躍動的で楽しく、それでいて幻想的で、とても綺麗であった。

この手持ち花火は誰でも楽しめる簡単な魔術が仕込まれた魔道具である。ただ、上級者はそこにアレンジを加えるのだ。魔力量を上げて、術を改変し、色や形を変化させて自由な花火を作り上げていく。

「ワッハッハッハ！　いでよっ！　『闇の海より這い出た混沌の蛇《カオススネーク・オブ・ダークシー》』！」

クオン様が禍々《まがまが》しい黒い蛇の形をした花火を作り出し、子供のように浮かれてぶんぶんと振り回す。全長十メートルほどの巨大な黒蛇が暴れ回った。

「うおっ!?　あぶねっ！」

「おっと！」

黒く妖《あや》しげな光を放つ大きな花火を、皆様が軽やかに避《よ》けていく。

「ふむふむ……これは対抗手段が必要ですね。では僭越《せんえつ》ながら、わたしが！」

メルヴィ様が宣言し、聖なる龍の形をした白い花火を作り出す。白い龍の花火はクオン様の黒い蛇に噛《か》み付き、動きを封じる。

「ワハハハハッ！　やるではないか、メルヴィよ！」

「そのその、失礼しますっ！」

「それで……その白い龍はなんという名なのじゃ？」

「え……？　いえ、別に名前は……」

「それはもったいない！　名前は大切じゃぞ!?　そうじゃのぅ……よしっ！　その白い龍の名は『聖なる光を纏い闇より生まれた地獄の龍《セイントシャインヘルドラゴン・フロム・ザ・ダーク》』じゃ！」

「地獄の龍なんですかっ!?　これっ!?」

神々しいほどの光を放つメルヴィ様の白い龍は、クオン様によって勝手に出自を決められてしまった。

『闇の海より這い出た混沌の蛇《カオススネーク・オブ・ダークシー》』と『聖なる光を纏い闇より生まれた地獄の龍《セイントシャインヘルドラゴン・フロム・ザ・ダーク》』が火花を散らしながら絡まり合い、互角の戦いを見せる。

「ふふっ、これも一興か。私も参戦しよう。『氷の炎を纏った不死鳥《アイスファイア・フェニックス》』！」

「では俺はクオンの方に手を貸すか。……これって何か名前付けないと駄目なのか？」

「ダメじゃ！」

「……困ったものだ。ええと、そうだな……『昏き闇を食らった猛虎《トワイライトダーク・タイガー》』！」

シルファ様が青い火花を散らす不死鳥を、ヴォルフ様が黒い闇に身を包んだ猛虎《もうこ》を作り出し、参戦する。

一つ一つが十メートル近い大きさの体を持ち、バチバチと燃え上がりながらぶつかり合う。派手で激しく騒がしく、普通の手持ち花火であったはずのお遊びが怪獣大合戦のような様相を呈し始めた。

「さて、どっちが勝つかな？　賭けでもしてみるか？」

「はいはーい！　じゃあ、あたしはメルヴィチームが勝つにジュース三本！　ミッターはどうするのよ？」

「えっ、僕？　うーん……じゃあ、僕はクオンチームにしておくかな。ジュース三本」

見ている側が何やら賭けを始めた。

普通の手持ち花火では味わえないような遊び方をしている。私たちは特殊な夏の風情《ふぜい》を感じながら、独特な青春の一ページを刻んでいた。

皆で巨大怪獣合戦を堪能し、一段落した。

戦いの決着は付かなかった。皆様の魔力量では花火の火程度で魔力が尽きることはないからだ。終わりの見えない戦いに、クオン様が真っ先に飽きて駄々をこね始めた。

そうしてお開きとなった戦いの後、皆で比較的静かな花火を楽しんでいる。ごく普通の手持ち花火の楽しみ方を堪能していた。

私はしゃがんで、線香花火の淡い光をじっと眺めていた。

「おう、リズ。火くれ、火」

「あ、はい。カイン様」

そんな時、彼がこちらに近づいてくる。

自分でも火の魔法を使えるのだから一人で着火できるはずだが、こうして花火の火を移し合うのも手持ち花火の風情《ふぜい》の一つだ。

火の粉を発する私の花火をカイン様の持つ花火に近づけ、彼のそれに火を移す。一つの火花が二つに増える。この、何でもない一つの手順が嫌いではなかった。

きらきらと光る花火が二つ、私たちの間で輝いていた。

「今日は楽しかったな」

「はい！　この旅行、本当に楽しかったです！」

もう夜も深い。私たちは締めくくりの感想を口にした。

「二人っきりも楽しかったですけど、皆様と一緒もやっぱり最高ですね」

「リズはうちのパーティーにしっかり溶け込んでいるな」

「はい、初めは緊張していましたが……シルファ様もメルヴィ様もレイチェル様も……今では私の親友です」

「それは良かった」

カイン様が優しい口調で、そう口にする。

それは短い言葉だった。でも、そこから、彼の望んでいたものがありありと伝わってくる。私がこの勇者パーティーに馴染《なじ》めて良かった。それを心から望み、そしてほっとしているような口調であった。

「…………」

その言葉を聞いて、私も不思議な気持ちになる。

皆様と親友になれて嬉《うれ》しい。皆様は優しくて、陽気で、心の底から良い人たちだ。その輪の中に加わることができて本当に喜ばしい。

だけど、どうしてだろう？

皆様と親友になれたことが当たり前のような気がしてくる。それが当然、ごく普通の流れ。それ以外の展開なんてあり得ない。……むしろ親友になれなかったらと思うと、何か心の奥から鈍い痛みが込み上げてくる。

それはなぜか、持っていたものが失われた時のような喪失感に似ている気がした。何かをなくす悲しみ。何かを落として失う痛み。

私はそれを……以前、感じたことがある？

……私は初めから皆様と親友だった？

私は初めから、持っ・て・い・た？

「……綺麗《きれい》だな」

「……っ」

カイン様の呟《つぶや》きにはっとする。意識が現実に戻ってくる。

「そっ……そうですね。花火、とっても綺麗です」

「いや、お前も」

「え……？」

深い暗闇の中、柔らかな光の花火が対面にいるカイン様を淡く照らす。明るい太陽の下で見る彼の姿とはまた少し違った様相。色合い。

私とカイン様の間には、二本の線香花火がパチパチと小さな音を立てながら弱々しい光を放っている。夜の暗闇の中に今にも溶けてしまいそうな小さな二つの光。それが対面にいるカイン様を儚《はかな》げに照らしていた。

その姿は今までに見たことのない彼の姿だった。

光の当たり方だけの違い。ただ、それだけ。

……なのに、線香花火に照らされたカイン様の淡い姿に、私は見惚《みと》れていた。

「…………」

そしてこの二本の線香花火は私のことも照らしている。私とカイン様は同じ場所、同じ状況で、同じ線香花火を灯《とも》しながら、向かい合ってしゃがみ込んでいる。

私が彼に見惚れたように、彼も私の姿に何かを感じてくれた……？

カイン様が大きく息を吐く。

「……いや、ダメだな。旅ってのはいけねぇや。つい口が滑っちまう」

「そっ、そうですかっ……!?」

「今の言葉は忘れてくれ」

「は、はい……」

無言が夜の闇に染みわたる。花火の弾《はじ》ける小さな音だけがその場に響き渡る。

「…………」

頬が……いや、体全体が熱くなるのを感じる。

この熱は花火によるものだ。火の熱が私の体を熱くしているのだ。

そう考えようにも……あぁ、今日はもう何度頬を赤く熱くしてしまったのだろうか。カイン様の水着姿に頬を赤らめ、彼と一緒に海で遊んで密着して胸がドキドキして、ナンパを撃退してもらって心臓がバクンバクンと大きく打った。

一緒に露天風呂に入ってしまった。彼の背中の温もりを体感してしまった。

一緒に線香花火に火を灯《とも》した。儚《はかな》げな彼の姿にドキリとした。

「………」

あぁ、なんてことだろう。

もうダメだ。

もう誤魔化しようがないほど……もう抑えることができないほど——私の気持ちは昂《たかぶ》って、隠すことができなくなりそうだった。

この心臓の鼓動はいつまでも……いつまでも、静まってくれそうになかった。

第64話　【現在】忘れてしまった失ったもの

さらに夜は更けていく。

海辺での遊びも堪能し尽くし、さすがに彼らはもうやることをなくしていた。体力無尽蔵の彼らならまだまだはしゃぎ回ることはできるのだが、花火が終わって切りもいいし、もういい加減寝ることにした。

「結局このダブルベッド使わなかったですね」

「だな」

いかがわしい意味のこもった二人部屋のダブルベッドを眺めながら、リズとカインが小さく呟《つぶや》く。眠るのはシルファたちのいる大部屋で、ということになった。そちらは十人以上が泊まれる広い部屋であり、リズとカインの二人が加わっても空間的に問題はない。全員一緒の部屋で眠ることにした。

隠れてこそこそしていた彼女らだったが、結局居場所はバレてしまった。作戦失敗。そうなった以上、もう別れて行動する理由を作れなくなっていた。

部屋を移るために二人は荷物をまとめる。鞄《かばん》に荷物を押し込み、仕組まれたこの二人部屋から出ていく準備を進めていた。

その途中で、カインは問題のダブルベッドに腰掛ける。

「…………」

カインは内心ほっとしていた。記憶喪失状態のリズとの距離感を大事にするのは、彼にとって少し難しい問題だった。

本当だったら今すぐ彼女を抱いてしまいたいほど、彼は彼女を愛している。それだけの絆《きずな》を育《はぐく》んできた。しかし今の彼女は記憶を喪失しており、だからこそカインは自分の気持ちをずっと抑え込んできた。今の関係を壊さないように自分の感情を隠し続け、ただひたすらに慎重な行動を貫いてきた。

だからこのダブルベッドを使わずに済んで彼は安堵《あんど》するのだった。

「ふふっ、今日は遊び疲れてしまいました。カイン様はどうでしたか？」

「ん？　……あぁ、今日はいろいろ堪能したよ」

リズに声を掛けられる。そんな考え事をしていたため、カインは一瞬反応が遅れた。

「皆さんと一緒に訓練するようになってすっごく体力が増したのですが、遊び疲れは普通の疲れとちょっと違いますね」

「確かに。緊張がほぐれ切った痺《しび》れっていうか……なんか別種の充実感だよな」

「ふふふ、そうですね」

今日という日の終わり。そこに向かう会話が二人の間で交わされる。

「カイン様……その、カイン様は今日のデート……どうでした？」

「デート……？」

「こ、後半は皆さんと一緒になりましたが……前半は二人きりだったので……や、やはりこれはデートなのではと……」

カインは振り返る。リズは顔を赤らめながらもじもじとしていた。

「もちろん楽しかったぞ。最高だった」

「……えへへ」

「リズの水着姿も堪能したし、海も心地よかった。露天風呂なんて贅沢《ぜいたく》も味わったしな」

「それは手配してくださった皆様に感謝ですね」

「ハメられたとも言うけどな」

「ふふふ、そうですね」

二人で一緒にくすくす笑う。

「私も……楽しかったです」

リズがはにかむ。

「海は楽しくて、温泉には癒《い》やされて、花火の時は皆様と一緒にはしゃいで、カイン様と二人で線香花火をして……」

「あぁ、どれもこれも楽しかった」

「それと、不良から私を守ってくださった時は本当に嬉《うれ》しかったです。まるで物語の中にいるかのようで、胸がドキドキして……」

「だから、あんな三下《さんした》はリズ一人でも十分だったって」

「それでも……今日の私の心臓はずっと高鳴り続けていて……心躍っていたんです、ずっと、ずっと……」

リズは自分の胸に手を当てた。

「ずっと、ずっと……何度も……」

「そ、そうか……」

「…………」

不意に会話が途切れる。リズが言葉を止め、妙な沈黙が二人の間に流れた。

「…………」

楽しい会話から一変、カインはどこか気まずさを感じ始めた。妙なところでの会話の中断。リズはこれ以上会話を続ける気はないのだろうか？

「……そろそろ大部屋の方に行くか。皆も待っているしな」

そう言って、カインはベッドから腰を上げようとする。当然リズもその提案に乗ってくるものだと思っていた。

──しかし。

「待ってください」

リズがカインの背中にもたれかかる。

彼の浴衣《ゆかた》の布地を両手でぎゅっと握り、彼を引き止める。カインはベッドに座ったまま立てなくなった。リズはカインの背後から制止の言葉を呟《つぶや》く。

「……待って、ください」

「……リズ？」

「少しだけ……待ってください」

リズの深呼吸の音が聞こえてくる。彼女の心臓は痛いくらいに鼓動している。背中越しでも、彼女が緊張しているのが彼に伝わってきた。

「………………」

そして、リズは震えながら口を開いた。

「……今日はこのまま、この部屋で一緒に……二人きりで寝たいって言ったら……カイン様は、どうなさいますか？」

「え……」

「………………」

浴衣の布地を握ったまま、リズがか細い声を出す。勇気を振り絞るかのように、弱々しく、小さな声で。

「…………」

カインの額から汗が垂れる。

この部屋で一緒に……二人きりで寝たいということは……そういう意味だろう。今のリズは記憶喪失状態ではあるが、そういった性の知識に疎《うと》いわけではない。

ここで頷《うなず》けば二人の関係性は変わる。

進むべきか、退《ひ》くべきか。

どうすればいい？　どう答えればいい？　これはよくあるただの告白ではない。リズは今、記憶喪失なのだ。正解のない複雑な状況に、彼は戸惑うしかなかった。

「俺は……」

「…………」

リズがぎゅっと目をつむる。そして、カインは答えを出した。

「……いいぞ。俺はお前を受け入れる」

「…………」

「リズからそう言ってくれるのなら、前に進むべきなのかもしれねぇ。そっちの方がいいのかもしれねぇ。……いや、いいか悪いかは別にして、俺はお前を受け入れたい」

「カイン様……」

彼は意を決し、告白を受ける決断を下した。

「まだリズには分からないかもしれないが、俺はお前を受け入れていたんだ。ずっと前から。最初から……」

「……え？」

「だから……」

今まで背中越しに言葉を交わしていたカインは、リズの方を振り返ろうとする。

——しかし、

「ダメっ……!!」

「……っ!?」

切羽詰《せっぱつ》まったような声で、リズはカインの行動を制止した。

「振り返らないでっ！　こっちを向かないで！」

「……リズ？」

彼を拒絶したのは、彼に告白をした側であるリズ本人であった。

「駄目なんです……あなたは私を受け入れては駄目なんです……」

「は……？」

「だって、私には……あなたと正面から向き合えるだけの資格がない……」

「リズ？　何を言って……」

カインの浴衣《ゆかた》を掴《つか》むリズの力が強まる。こっちを振り向かないで、と行動で示す。彼の背中に触れる彼女の体が震え始めた。

「分かってる……分かっているんです。私とカイン様じゃ不釣り合いだって」

「不釣り合い？」

「片や世界の希望である勇者様。片やただの一学生。ただの見習い。誰だって思うはずです。釣り合っていないって……」

「お前……あのなぁ……」

カインが呆《あき》れながらため息をつく。

けれど彼女の体の震えは止まらない。格が違うとか釣り合うとか釣り合わないとか、そんなことはカインにとっては大した問題ではなかった。

だけど、彼女にとってはどうしても無視できない大きな壁であった。

「世間がどう言うかなんて気にすんなよ。そんなの無視だ、無視。俺はお前が俺を受け入れてくれるのなら、いつだってその気持ちに応える準備はできていたんだ」

「………………」

「だから……」

「違うんですっ！」

カインの言葉はまたリズの強い口調に制止される。彼は気圧《けお》された。

なんだ？　何かがおかしい……？　カインはそれを本能で感じ取り、額にじわりと嫌な汗をかく。

「私が……他ならぬ私が釣り合っていないって感じているんです！　皆様の力を見ました！　ヴォルフ様の力を感じました！　アルティナ様の力を実感しました！　訓練では……私だけがボロボロで……」

「…………」

「私なんか……皆様の足元の……そのさらに下にも及ばなくて……」

彼女が勇者パーティーと行動を共にして、強く感じたことがある。

それは彼らの並外れた強さだ。ヴォルフは王国最強の戦士の最高の一撃を首の皮だけで止めた。アルティナには一瞬で人質にされ、何の抵抗もできなかった。

……自分は、自分が仲間と呼んでいる集団の足を、ただただ引っ張っている。

「皆様の……何の役にも立てなくて……足手まといにしかならなくて……」

「そんなこと……」

「お遊びの卓球の球すら、見切れないんです……笑っちゃいますよ……」

普通の人間には勇者チームの本当の強さを理解できない。それはバッヘルガルン王国最強と言われる王族親衛隊隊長ブライアンが、勇者チームに匹敵するのでは？　と噂《うわさ》されていたことからも分かる。その妄想はヴォルフが軽く一蹴してしまった。勇者チームの強さは一般人には理解すらできないほどの高みにあるのだ。

しかしリズは違った。彼女はこの数か月、誰よりも勇者パーティーの皆と行動を共にした。皆の近くにいればいるほど、自分が強くなればなるほど、勇者パーティーの皆の強さを痛烈に実感できるようになる。

彼らとの距離が縮まったからこそ、勇者パーティーの皆が自分とは住む世界が違う人間であることを、リズは強く深く理解してしまったのである。

とてもじゃないが、自分の想い人と自分が対等だなんて思えなかった。

「私だけが……どうしようもないほど、弱くて……」

弱くて、情けなくて……。

「みじめで……不甲斐《ふがい》なくて……」

彼女の瞳からぽろぽろと大粒の涙が零《こぼ》れ落ちる。喋《しゃべ》れば喋るほど、自分の気持ちを言葉にすればするほど、虚《むな》しさ、悔しさ、辛《つら》さが込み上げてくる。

一度溢《あふ》れ出した涙は止まらず、それはぽたぽたとカインの浴衣《ゆかた》に零れ落ち、その布地に染みを作っていく。

「あ……焦るなよ、リズ。ちゃんと訓練をすれば、お前だってすぐに俺たちくらいに強くなれる」

「…………」

「お前には分からないかもしれないが、お前には才能がある。最高の。とびっきりの。……今はその力が眠っているだけなんだ」

カインは諭《さと》すが、背中越しに伝わる緊張感は解《ほぐ》れない。

「だ、大丈夫だ、何も心配はない。傾向は見えている。ちゃんと休んで、じっくり訓練して……そうすればいつか俺たちと同等の力を……」

「いつかじゃ……いつかじゃダメなんですっ……！」

「……っ!?」

またリズが大声を上げる。

そしてそれは、今日一番魂のこもった叫び声だった。

「いつかじゃ嫌なんですっ……！　私は今っ！　この瞬間、あなたたちに……あなたに並び立ちたい！　胸を張って、あなたたちの傍《そば》に立ちたいんですっ！」

「なっ、なんで……」

「だってこの想いは！　今っ！　溢れそうなほどに大きく膨らんでいてっ……！」

今日のデートは最高に上手くいった。彼女はずっとずっと楽しくて、彼の傍にいられることが嬉《うれ》しくて、何度も何度も胸をドキドキさせていた。

そのせいで彼女の愛情が強く深まってしまった。今この瞬間も我慢できないほど、彼への気持ちが強くなっていた。皮肉なことに、今日のデートがとても上手くいってしまったから、リズは自分の感情の制御ができなくなり始めていた。

「止まらなくて……抑えきれなくて……」

「…………」

涙を流しながら、彼女は語る。

自分は彼とは不釣り合いだと語りながら、傍《そば》にいたいと口にする。無理だと分かっていながら、今すぐ彼らと並び立ちたいと言葉にする。

彼女の中にある矛盾。歪《ゆが》み。それを彼女は自分自身でどうすることもできなかった。

「……好きです。好きなんです」

「…………」

「カイン様のことが……大好きなんです……」

それは告白だった。

記憶を失い、再会を果たしてから、リズは初めて明確に自分の気持ちを口にした。

「隣に並び立てないって……それだけの力がないって分かっているのに……この気持ちが止まらないんです」

「リズ……」

「愛して、いるんです……好きだって気持ちが、溢《あふ》れ出してくるんです……」

今この瞬間、彼女以上に惨《みじ》めな存在はいなかった。

涙で顔をぐちゃぐちゃにして、その情けない胸中を全部口にして、それでもどうすることもできやしない。

好きな人に好きだと伝えても、その返事を受け取ることができない。どれもこれも全て、自分は彼らとは住む世界が違うから。別次元の存在だから。そう思うと、今日皆と過ごした楽しかった思い出さえ虚《むな》しく感じる。

この旅行の中で、彼女だけが仲間外れだった。

「強く……なりたい……」

「リズ……」

「あなたが、欲しい……」

涙声で、彼女は口にする。

今は決して手の届かないもの。どんなにあがこうとも、その高みに近寄ることすらできない。そんな愛《いと》しい人を想い、ただ彼女は涙を流す。

「あなたに、並び立って……あなたたちに、並び立つだけの、資格を……満たして……ずっと皆と、一緒で……」

「リズ、お前……ずっと悩んで……」

「私はっ……！　あなたが欲しいっ！」

一瞬、その場がしんと静まり返った。

「………」

カインはリズの気迫に気圧《けお》され、声が出てこなかった。なんて返事をしたらいいのか分からなかった。彼は弱さへの葛藤を、当の昔に捨て去ってしまったから。

リズも黙り込む。涙を流し、体を震わせながら何も言葉が出てこなかった。いや、何かを言葉にすればするほど、自分の惨《みじ》めさが大きくなっていくだけだった。

月の光が窓から差し込んでくる。

静謐《せいひつ》な空気が夜の中に染み渡る。

二人の距離はゼロ。物理的な問題は何一つとしてない。しかし、どうすることもできない心の問題が、リズをがんじがらめにしていた。

「あったはず、なんです……私の、力……」

「……っ!?」

「私の、力が……どこかに、あった……はずで……」

その時、感じた。

カインはリズの声から冷たい何かを、良くないものを感じ取った。

「なんで……どうして……今は、ない……？　どこに、落として……？　どこに、失くして？　私の……力……？」

「リズ！　落ち着けっ……！　落ち着くんだ、リズっ！」

「あれ、さえ、あれば……私は、皆さんと……肩を並べて……」

彼女の声から正気が抜け始めるのをカインは察知する。浴衣《ゆかた》を掴《つか》むリズの手を強引に振り払い、彼女の肩を掴む。

「なんで……どこ……？　私の、力……力さえ、あれば……」

「リズっ！」

彼女の瞳からは光が抜け落ちていた。底の見えない、どこまでも深い闇。カインは彼女の肩を強く揺さぶるけれど、その光は戻ってこない。

彼女には無意識下のジレンマがあった。

戦いによって失った力、そして友情と愛情。それは記憶と共に消えて、彼女は何も思い出せなくなった。そのため彼女はこの一年間、学園の中で平和な日々を暮らして新たな自分を築くこととなった。

しかし、無意識のうちにその消え去ったものを探し続けていた。無自覚のまま、彼女は心のどこかで失ったものをずっとずっと求め続けていた。

忘れてしまった失ったもの。それをこの数か月、かつての仲間と共に行動することで彼女は感じ始めてしまっていた。

そして今回の旅行。かつて持っていたはずの愛情や幸せだった記憶が大きく刺激され、彼女は無意識のうちにそれに強く気付き始めた。無自覚がそれに手を伸ばそうとした。

「力が、強さが……自信が欲しい……」

「リズ！　リズっ……！　落ち着け！　俺の声が聞こえるかっ!?」

「力、どこ……？　私の力。力が欲しい……力っ……！　私の力っ……！」

カインが必死に声を掛けるけれど、リズはそれに返答をしない。口から零《こぼ》れるのは全て独り言。明らかに正気を失いかけていた。

「私の……私のチカラあああああぁぁぁぁぁぁぁっ……！」

「リズっ！　リズっ……！　しっかりしろぉっ……！」

「アアアアアアアァァァァァァァァァァッ！」

思い出せない、失った大切なもの。

どうしたって足りない力と、かつてあったはずの力。

それが無意識下でストレスとして少しずつ溜《た》まり続け、今、愛情が膨らむとともに、感情が爆発しようとしていた。

「チカラ……チカラアアアアアアアァァァァァァァァッ……！」

「リズーーーッ！」

——その時、大きな黒い翼が出現した。

完全に正気を失った彼女の背中から、禍々《まがまが》しい大きな翼が生えてきたのだ。今まで見たことのないリズの姿に、カインは動揺するばかりだった。

リズの意識は完全に途絶えている。

無意識下のジレンマに振り回され、正気を失い白目を剥《む》いている。そんな彼女の背に、今まで見たこともない大きな黒い翼が生えている。

それは尋常でない威圧感を発しながら、どこか神々しさを感じさせるものでもあった。

「アアアアアアアァァァァァァッ……！」

「リ、リズっ……！　待てっ！」

リズはカインの手を強引に振り払い、そのまま窓を突き破って外へと飛び出ていく。背中の黒い翼を羽ばたかせながら、夜の空へと舞い上がっていく。

「リズウウウウウウゥゥゥゥゥゥゥゥッ……！」

カインが大声で呼びかけても、彼女は戻ってこない。彼も窓から飛び出し、彼女を追いかけ始める。


歪《ゆが》み、葛藤、無意識、ジレンマ……。

あらゆるものに振り回され、今、リズの暴走は始まった。

第65話　【現在】暴走

月が淡く照らす暗い海の上空に、一人の少女が浮かんでいた。

黒く大きな翼を背中から生やし、それを羽ばたかせて空中で静止している。少女に意識はない。白目を剥《む》き、体から力は抜けきっており、しかし翼だけがバサバサと力強く羽ばたいて、少女の体を宙に浮かばせ続けている。

ここは海の上の高い空。

リズはそこで正気を失ったまま、空に浮かんでいるのだ。

「リズっ……！　俺の声が聞こえるかっ⁉　戻ってこい！　リズっ！」

「…………」

カインが浜辺から上空の少女に語り掛ける。彼は大声を張り上げて、何度も何度もリズに呼び掛け続ける。

しかし、彼女からは何の反応もなかった。

「一体どうしたというのだ⁉　カイン殿っ……⁉」

「あれは……リズさんっ⁉」

「お前らっ！」

その時、異変を察知して彼らの仲間もこの場に集まってきた。リズから発せられる禍々《まがまが》しい魔力、カインの切羽《せっぱ》詰まった大声。

この異常事態に気が付くには十分な状況であった。

「リズに……黒い翼？　正気を失っているの？」

「カイン、彼女があんな状態になってしまった原因に心当たりは？」

「あぁ、ある。黒い翼は初めて見るが……」

カインが仲間に状況を説明しようとした――そんな時だった。

「アアアアアアアアァァァァァァァァッ……！」

「え……？」

リズが甲高《かんだか》い金切り声を発し、その瞬間、魔力の暴発が始まった。

「ア゛ア゛ア゛ア゛ア゛ァァァァァァァァッ……！」

「なっ……!?」

リズの魔力によって、十数本もの魔力の柱が出現した。

魔力の柱は一つ一つが太く、力強く、海を強く叩《たた》いて水飛沫《みずしぶき》を上げる。それと同時に上空に向けても高く高く伸び、空を射抜くかの如くそびえ立つ。

色は白と黒。二色の魔力の柱が海の上の空間を埋め尽くす。とてつもないほど膨大な力のこもった魔力の柱だった。

「なっ、なんだぁっ……!?」

「カ、カインっ……！　この魔法はっ!?」

「知らんっ！　俺も見たことがないっ！」

柱の魔術の余波だけで、浜辺にまで強い衝撃が響いてくる。

「ァ゛ア゛ア゛ア゛ア゛ァァァァァァァァァァッ……！」

「くっ……！　またっ！」

彼女の雄叫《おたけ》びに呼応して再度、黒と白の柱が幾本も幾本も作り出される。一つ一つが直径数メートルの太く力強い魔力の柱であり、それが何本も天に届くほどにそびえ、海面を叩《たた》き続ける。

幸い彼女がいるのは海の上空。街へのダメージは一切なく、被害者もいない。ただ、こんな強烈な魔術が市街地で繰り出されたらと思うと、仲間たちはゾッとして冷や汗が自然と溢《あふ》れ出てくるのであった。

「なっ、なんなんだ、この力はっ……!?」

「この膨大な力は……一体っ!?」

リズとずっと旅をしてきた仲間たちも、彼女のこの状態に困惑する。こんな暴走状態を見るのは初めてであったし、何よりリズがこんな魔術を使えることすら今の今まで知らなかったのだ。

「この力、全盛期か……いや、それ以上っ⁉」

「それよりも、そのそのっ……！　あの魔術……おかしいですっ！」

メルヴィが切羽詰《せっぱつ》まった声を上げる。リズが作り出す大量の魔力の柱は二つの色に分かれていた。

一つは白く輝く神々しい光。強く発光して、この暗い夜をまるで真昼のように眩《まぶ》しく照らしている。見ているだけで自分の中の悪い気が浄化されていくかのようだった。

もう一つの柱の色は白とは真逆の濃い黒色。底の見えない深い闇のように黒々として、見ているだけで恐怖という人の本能を沸き立たせるものであった。

メルヴィが注目したのは、白く輝く柱の方だった。

「あの白い魔力の輝き……あれは恐らく『聖魔法』ですっ！」

「なにぃっ……⁉」

『聖魔法』。

それは神様の力を基にした魔法と言われており、普通、人間には使えないものと考えられていた。使えるのはメルヴィのような『聖女』『聖人』と呼ばれるごく少数の特殊な人間か、アルティナのように『聖剣』を手にした者だけである。

そんな神様の力をなぜかリズが使っていた。

「リズが聖魔法を使っているとこなんて見たことがないぞっ⁉」

皆の額から汗が流れる。長い間一緒に旅をしてきた自分たちも知らなかった彼女の姿。何かとんでもないことが起こっている……。

そしてこれは決して良い前兆ではない。それは直感で理解できた。

「白い方が『聖魔法』……そうじゃとすると……」

「クオン……？」

顎に手を当てながら、クオンが考えを口にする。

「あの黒い柱の方は『地獄魔法』かもしれんの」

「地獄魔法……？」

聞いたことのない言葉に、カインたちは首を傾げる。

「これは魔界にとっても伝説的な逸話じゃ。だから確かなことは口にできん。しかし魔族領にはそのような魔術の伝説が遺《のこ》されておる」

「なんなんだ、その『地獄魔法』ってのは？」

「約二千年前の『天地戦争』。神様と悪魔が争ったといわれとる大戦争。その際に神様側が使った魔法が『聖魔法』で、悪魔が使っていた魔法が『地獄魔法』といわれとる」

「……っ！」

『天地戦争』についてはアルティナが最近詳しく研究していた。

神様と悪魔の大戦争。その際、神様は人間のために『聖剣イクリル』を作り出した。その聖剣の担い手は『聖魔法』を扱い、人の世を守っていった。

その逆。神様の敵。

悪魔。

そのような存在が使う魔法が『地獄魔法』なのだという。

「地獄の悪魔、地獄の鬼が使うから『地獄魔法』。単純じゃが、わらわたち魔族にとっては神様のような存在ぞ」

「……なんでそんな魔法を、リズが使えるんだよ」

「分からん。最初に言った通りはっきりしたことは言えん。あれが『地獄魔法』である根拠もないのじゃ」

「…………」

しかし、カインたちはクオンの言葉に説得力を感じていた。

あの黒い柱の魔力からはとてつもないほどの禍々《まがまが》しさを感じる。どんな闇魔法よりも深く、昏《くら》く、今までに感じたことのない邪悪なものを……。

「アァ゛ア゛ア゛ア゛アァァァァァァアッ……！」

リズがまた苦しみにも似た叫び声をあげると、白と黒の魔力の柱が力強く出現する。白い光は真昼のように明るく世界を照らし、黒い光は夜の闇よりも強く、妖《あや》しく、周囲の光を呑《の》み込んでいく。

「な、なにあれ……」

「天使……？　それとも、悪魔……？」

あまりに強い光と邪悪な力の存在に、周囲の注目も集まり始めている。ホテルの宿泊客たちが、窓から彼らの様子を覗《のぞ》いていた。

彼女の放つ魔術が海を貫き続ける。今のところ被害は全く出ていない。だが何が起こるかは分からない。

正気を失ったリズがふらりとその場から動いてしまうだけで、甚大《じんだい》な被害が出てしまう。何千という人が死に、街が……いや、最悪国が崩壊してしまう。

それほどまでに強力な魔術をリズは使い続けているのだ。

「………」

カインたちは息を呑む。

これだけの力を行使し続けていたら、おそらくリズの体もただでは済まない。周囲の人間のためでもあるが、何より大切な自分たちの仲間のため。彼らは覚悟を決め、戦いの準備をする必要があった。

神の力の如き魔法の中をかいくぐり、何とかしてリズの元へ。

彼らの体は久しぶりに緊張で震えるのだった。

――一方その頃……。

この付近の海底を、誰にも悟られず行進し続ける一つの軍隊があった。

魔王軍に所属する魚人の軍隊だ。数千の兵が列を成し、とある海岸の海水浴場へと向かっている。

両手には武器を持ち、二本の足で海底を進む。体には鱗《うろこ》が生え、人と魚の特徴を併せ持った亜人《あじん》。それが魚人であった。

特にその中でも強力な魚人のみで構成された魔王軍の精鋭部隊。それが今、音もなく人の住む街のすぐ傍《そば》まで迫っていた。

魔族領の毒の海から出発し、その海底を歩き続けて数週間。陸上でしか生きられない人族にその軍隊の存在を察知することは不可能で、今、この魚人の部隊は、完全なる奇襲という形で人族領を攻撃しようとしていた。

「隊長、時刻はちょうど深夜零時《れいじ》。予定通り、真夜中に海岸に到着いたします」

「うむ」

この部隊の隊長は魔王軍の幹部を務めている。体は大きく、逞《たくま》しく、ただそこにいるだけで強い威圧感を放っていた。

「皆の者、聞けぇっ……！」

「……っ！」

幹部の号令に、部下たちの身が引き締まる。

「これより、我ら魔王軍魚人精鋭部隊は人族領侵攻を開始する！　勇者という存在が現れて以来、押され気味であった我が軍に栄光の勝利をもたらし、この戦いを戦争の大きな転換点とするのだ！」

幹部の魚人は声を張り上げる。その声は周囲の部下たちには届いても、地上にまでは届かない。海の水と波の音が遮《さえぎ》ってしまう。

「殺せっ！　憎き人族を！　この海の色が青ではなく、赤に染まりきるまで……多くの血をまき散らせっ！」

「オオオオオオオオオオオォォォォォォォォォォッ……！」

幹部の檄《げき》により、部隊の士気が大きく上がる。

魔王軍による奇襲が始まる。長い行軍は終わろうとしており、彼らが待ち焦がれている虐殺の時間が始まろうとしていた。

……と、そんな時だった。

「ギャッ……!?」

「ん……？」

海上より、魔力の柱のようなものが降り注いできた。それに呑《の》み込まれ、多くの兵たちが悲鳴を上げる間もなく消滅した。

「なんだっ……⁉　何が起こっている⁉」

「わ、分かりませんっ……！」

突然現れた正体不明の黒と白の魔力の柱。太い魔力の柱は海を貫き、海底まで届いてその砂を巻き上げる。

奇襲をかける側であると信じていた部隊が、謎の柱によって攻撃されてしまっている。それだけでも大混乱となるのに十分な要素であったのに、舞い上がった砂塵《さじん》によって視界すら奪われてしまっていた。

「か、海上から攻撃を受けているぞっ……！　偵察部隊っ！　確認しに行け！」

「ラ、ラジャー……ぐわっ⁉」

魔王軍幹部は迅速《じんそく》に指令を出したが、敵を確認するために海上に上がろうとした者たちをも白黒の魔力の柱は無慈悲に巻き込み、その体を塵《ちり》も残さず消し去ってしまう。

「な、なんだっ⁉　一体何が起こっているんだ……⁉」

「たった今、防御部隊に防御陣を張らせました！　何者による攻撃かは分かりませんが、これで態勢を立て直しましょう！」

「よくやった！　参謀《さんぼう》！」

「お褒めの言葉、恐れ多く……ギャッ⁉」

「さ、参謀《さんぼう》おおおぉぉぉっ……!?」

魔法の防御を張ったにもかかわらず、謎の魔力の柱はそれをいともたやすく貫き、瞬時にこの軍の参謀の体は消滅した。

多人数で作る防御の魔法すらものともしない謎の攻撃。それがどれほど強力なものか、推し量れる者はこの場にはいなかった。

「な、何が起こって……ギャッ!?」

「砂塵《さじん》で前が……ウワァッ!?」

「ど、どうしてこんなことに……!? 今日は我々の栄光の日の……ギャァッ!?」

混乱に陥る魔族の大部隊。魔力の柱が降り注ぐ範囲はとても広く、それが何本も何本も繰り返し降り注いでくる。

防ぐ手段はない。逃れる手段もない。その攻撃の正体を掴《つか》むことすらできぬまま、兵たちは次々と消滅していく。

「これは……悪夢、なのか……?」

魔王軍幹部が天を仰ぐように上を見上げる。しかしそこには夜の暗い海しか映されていない。海上の様子は見えず、彼にできることは何もなかった。

そして、彼のもとにも白い魔力の柱が降り注ぐ。それはあまりに一瞬のことで、幹部は一言も発することができなかった。

だがそれは彼にとっては救いだったのかもしれない。

悪夢と思えるほどの現状から逃れるためには、それしかなかった。この神々しい光に呑《の》み込まれることだけが、この悪夢から解放される唯一の手段であった。

……こうして魔王軍の侵攻は人知れず失敗に終わった。

この戦いを語り継ぐ者はいない。部隊を消滅させた者すらそれを認識していない。今日、住人が虐殺されるはずだったこの土地は、偶然、たった一人の少女の暴走により奇跡的に救われた。

こうして魔王軍の魚人部隊は肉片一つ残さずその全てが消滅した。皮肉なことに、今日人の血で赤く染まるはずだったこの海は、それをなそうとする敵たちの血液すらも消し去り、ただただ青いままだった。

リズは偶然にも、魔王軍の部隊を撃退したのであった。

「……ん？」

地上の浜辺。

カインが妙な違和感を感じ取り、首を傾げる。

「なんか今、海の底から妙な気配を感じなかったか？」

「え？　海底……？」

「何も感じなかったけど？」

しかし仲間たちは首を横に振る。理屈ではない、カインの野性的な本能だけが何かを感じ取っていた。

「気になるのなら、感知魔法を使ってみようかのぅ？　カイン？」

「……一応頼む、ラーロ」

ラーロは魔術によって海の底の様子を探る。海の底に何かいるのか、いないのか。魔法が仕掛けてあるのか、ないのか。それを探知するのが感知魔法であった。

彼は熟練の魔術師。普通の人間の何倍もの広範囲を一度に調べることができる。

「……いや、何もないのぅ」

「そうか、俺の勘違いか。わりぃ」

「いやいや、お主《ぬし》の勘に救われてきたこともたくさんある。どんな小さな違和感でも遠慮せず言っておくれ」

海の底には何もなかった。

いや、もう何もかもが消滅した後だった。

「じゃあやっぱり、今集中すべきは……」

カインが視線を上げ、月が輝く空を見上げる。

そこには黒い翼を生やしたリズが相変わらず浮かんでいた。

「あいつをどうにかしないとな……」

「そもそも……なぜリズはこのような暴走状態に？　カイン殿、何か心当たりは？」

「……あぁ、俺はリズが暴走を始めた瞬間に立ち会っている」

あまり長く話していられる余裕などないが、カインはその時の様子を極めて簡潔に皆に説明した。

「俺の失態だ……無意識に、あいつに我慢をさせ続けちまった」

「カイン……」

カインが痛いほど拳に力を込める。

「記憶を失っている状態でも、無意識のうちに、どこかで俺たちパーティーとの絆《きずな》を求め続けていたんだろう。力が欠けている状態に気付いていなくても、それが心の奥で燻《くすぶ》ってストレスになっていた。それに……気付いてやれなかった……」

「………」

リズはさっきの部屋で、正気をなくしながらも自分の失った力を自覚していた。正常な状態では認識できない自分の力。しかし、そのかつての力を無意識下のどこかで感じ取っていたのだろう。

失くしてしまった、あったはずの力、絆、愛情……。それらの思い出がストレスとなり、彼女自身すら気付かないうちに彼女を苦しめていた。

思い出せない失った大切なもの。それを求めて、彼女は暴走した。

「とにかく！　原因追及は後よっ！　今はリズのあの状態を何とかしなきゃ！」

「ですです！　あんな過剰な力を放出し続けたら、最悪の場合……いえっ！　確実に命が危険に晒《さら》されてしまいます！」

「……そうだ。その通りだ」

レイチェルとメルヴィに叱咤《しった》され、カインは息を呑《の》み込む。今すべきことは反省じゃない。リズの暴走を止めることだ。

殴ってでも、何をしてでも。

「……リズに攻撃を仕掛ける。全員、援護してくれ」

「了解っ！」

勇者メンバーの全員が戦闘態勢に入る。厳しい戦いの幕が開く予感がした。

「行くぞっ……！」

勇者カインが先陣を切る。黒い翼で空に浮かぶリズを追い、カインは空中に魔力の足場を作って宙を飛び跳ねていく。

それに続いて仲間たちも後を追う。彼らに翼はないけれど、魔力で固めた足場によって縦横無尽《じゅうおうむじん》の高速機動を可能にしていた。

「ヴァ゙ア゙ア゙ァァァァァァァァァッ……！」

カインたちの接近を認識したのかしていないのか、リズがまた悲鳴のような雄叫《おたけ》びを上げる。それと同時に、また黒と白の魔力の柱を幾本も幾本も生み出した。

「ホーリーシールド！」

「ぐっ……！」

メルヴィが『聖魔法』によって強靭《きょうじん》な魔法の盾を作るが、それは白い光の柱の一部分だけを弾《はじ》き、全てを防ぎきることはできなかった。

「ぐわあぁっ……！」

余波とは呼べないほどの強烈な白い光の柱が先頭のカインを襲う。彼も防御の魔法を使うが、防ぎきれず下方向に弾き飛ばされて海に落ちた。

「カイン殿っ！」

「カイン、大丈夫っ……⁉」

海に落ちたリーダーを心配する仲間たち。すぐにカインは海面から顔を出し、その海を足場にして立ち上がった。

「カインさんっ！　ごめんなさいっ！　わたしの盾が負けてしまったからっ……！」

「気にすんなメルヴィ！　お前の盾で防げねぇのなら、誰の盾でも無理だったろうよ！」

相当な実力者でさえ、今の一撃を食らったら肉片一つ残さず消滅してしまうだろう。しかしカインはダメージを負っただけで、五体満足のままであった。

「この隙にっ……！」

カインがダメージを食らったと同時に、一気にリズの元へ迫る人物がいた。

アルティナだ。彼女は聖剣イクリルの力で体を強化し、目にも留《と》まらぬ凄《すさ》まじいスピードで空中を駆け抜けた。

彼女は元々猫の半獣人であり、スピードは勇者チームの中でも一、二を争う。

「ぬっ……！」

そんな彼女にも魔力の柱が襲い来る。今度は黒い柱。クオンが言う『地獄魔法』かもしれない魔力の柱であった。

「聖剣イクリルよっ！　力を解き放てっ……！」

アルティナの聖剣が強い光を放ち、その光で大きな刃《やいば》を作る。上から降り注ぐ黒く禍々《まがまが》しい魔力の柱を聖剣の光で断ち斬ろうとした。

「あああああああぁぁぁぁぁぁっ……！」

大きな雄叫《おたけ》びを上げながらアルティナは聖剣を振り切り、黒い柱を迎え撃った。

……しかし、破壊できたのは柱のごく一部だけであった。

「くっ……!?」

「いけないっ！」

「全員っ！　アルティナの前にシールドの魔法をっ……！」

「あぁっ！」

全員で魔力を飛ばし、盾の魔法をアルティナの前で重ねる。シールド魔法は自分の目の前で作り出すのが一般的であり、このように自分から遠い場所に飛ばそうとすればその強度は一気に落ちる。

だからこれは緊急措置のようなものだった。ないよりマシ、という程度のものである。

しかしそれが生死を分ける可能性もある。

「ぐわっ……！　にゃあああぁぁぁぁっ……!?」

「アルティナぁっ……！」

咄嗟《とっさ》にシールドを張れど、仲間たちの盾と一緒に黒い柱に呑《の》み込まれてしまう。アルティナは大きなダメージを負いながら、先ほどのカインと同様に海に叩《たた》き落とされる。

しかし浮いてこない。体の自由が利かなくなるほど、アルティナは大きなダメージを負ってしまっていた。

「メルヴィ！　アルティナを回収して、治癒魔法をっ！」

「はっ、はい！　分かりましたっ！」

カインの指示を受けたメルヴィはすぐにアルティナの落下地点に移動し、海に潜って彼女を海上へと救い出した。

「……ぷはぁっ！　ぜぇっ……はぁっ……」

「大丈夫ですか、アルティナさん」

「ご、ごめん……かなり、キツイ一撃貰《もら》っちゃったよ……」

メルヴィは『聖魔法』によって回復魔法を使う。どんな傷でも瞬時に治してしまうような超強力な回復魔法である。

しかしアルティナのダメージは少しずつしか回復しない。彼女の食らった『地獄魔法』が回復を遅らせていた。

「ぐわぁっ！」

「ぐっ……ぐわあああぁぁぁっ……！」

「ミッター！　ラーロっ！」

別の場所でも被害が出ていた。ラーロの防御魔法で援護を受けたミッターが、自身の盾を用いてリズに接近を試みた。

ミッターは盾の使い方に長《た》けた、勇者チームのタンクと言うべき存在である。防御力はピカ一だった。さらにラーロは熟練の魔術師であり、彼の防御魔法を受けたミッターのガードを打ち破れる者など、今までほぼ存在しなかった。

しかし二人とも光の柱に防御を破られ、その魔力の奔流《ほんりゅう》に呑《の》み込まれてしまった。

「……ぷはっ！　ラーロさん、大丈夫ですか!?」

「ぐ、ぐふっ……こ、これしき……」

二人とも海に叩《たた》き落とされ、ミッターがラーロを抱えながら海上に顔を出す。ミッターにはまだ余裕があったが、ラーロの方は重いダメージを負ってしまっていた。

「メルヴィ、ミッターっ！　アルティナとラーロの二人を浜辺に移動させて戦場から一時離脱させろっ！　メルヴィはそのまま二人に回復魔法を！」

「そのそのっ、かしこまりましたっ！」

「ま、待って……ボクはまだ、やれるよ……」

「わ、儂《わし》も……年寄りを舐《な》めるんじゃあ、ない……」

カインの指示に対して、アルティナとラーロが不満を漏らす。しかし、誰の目から見ても二人のダメージが大きいのは明らかだった。

「黙って言うことを聞けっ！　リズに仲間殺しをさせるわけにはいかねぇっ！　特にラーロ！　お前はまだ本調子じゃねえんだから、ムリすんなっ！」

「……っ！」

勇者チームが学園街に滞在しているのは、魔王軍との戦いで長期間の療養を必要とする仲間が出てしまったためである。

その中でも高齢のラーロはまだダメージから回復できていなかった。そのため、カインはこの戦場から彼を抜け出させる判断をした。

「その場所から身体強化の魔法で俺らを援護していろっ！　あるいは怪我人《けがにん》が出たらそっちに送り込むから、回復魔法を掛けてくれ」

「ぬっ……わ、分かった……」

遠距離による身体強化の魔法の行使。同じ遠距離でも、先ほどの盾の魔法よりは効果があるものだが、やはり気休め程度の援護にしかならない。

しかしそれでも、今のアルティナとラーロにはそれしかできなかった。

「しかし……これは明らかにおかしいな」

「シルファ？」

「私たちはリズの実力をよく知っているだろう？　この人数を一度に相手取るのは彼女といえど不可能だったはずだ」

勇者パーティーの中で、リズの実力はカインに次いでナンバー2である。勇者チームの中でも高位の実力者であることは間違いないのだが、他のメンバー全員を相手取ってそれに打ち勝つほどの力はないはずだった。

しかし今はそれを成し遂げている。しかも意識が飛んだ状態で、作戦もなく乱雑に魔法を放っているだけで彼らを一蹴しているのである。

「明らかに全盛期以上の力を使っている。リズの体の奥底には、こんな力が隠されていたのか？」

「俺たちの知らないリズの姿か……。あいつは先祖返りといえど、一応ただのサキュバスのはずだろう？」

「そのはずであったが……しかし……」

自分たちの目の前で、神様の力と呼ばれる『聖魔法』と、地獄の悪魔の力である『地獄魔法』らしきものを使っている。

なぜリズがそんな魔法を使えるのか。なぜこれほどの力を発揮できるのか。分からないことはたくさんあった。

「けど、今そんなこと考察してる余裕ないでしょ！　早くリズを止めないと！」

「……そうだな、レイチェル殿の言う通りだ」

「もちろんそのつもりだ」

レイチェルが二人に近づいてきて声を掛ける。結局はリズの暴走を止めないといけない。そうしないと何も分からない。

ただ、彼女の放つ白黒の魔力の柱を突破するのは困難を極めた。

「ア゛……ア゛ッ、ア゛ッ……カ、カカ……カインサマ……」

「リズ……？」

その時、リズの様子に変化が起こった。体を震わせて悶《もだ》えるようにしながら、叫び声しか上げなかったその口から何か言葉を喋《しゃべ》った。

それはカインの名前だった。

「リズっ！　俺だっ！　カインだっ……！　俺の声が分かるかっ⁉」

「ヴアヴアァ……カ、カイン……サマ、ヴアヴア……」

「リズ！　正気に戻れ！　俺はここにいるぞっ……！」

カインが必死に彼女に呼びかける。彼女に自分の声が届くと信じて……彼女の正気が取り戻せると信じて、大声をあげ続けた。

「ヴアッ、ヴアッ……カ、カイン……ヴアヴアァ……サ、ヴマァ……」

「リズ！　聞こえるかっ⁉　俺たちずっと一緒に旅をしてきただろっ！　力に振り回されるな！　力に負けるなっ！　正気に戻ってくれ、リズーーーッ！」

カインの渾身《こんしん》の叫び声に応えるように、リズも一段と大きな声を上げた。

「カインサマ、ヴア、ヴアッ！　パンツクダサ、ヴア、ヴア、ヴアイイイイッ……！」

「くそっ！　寝言だったか……！」

カインは呼びかけによって正気に戻す作戦をすぐに諦める。彼女の意識はないままであり、無意識下で彼のパンツを求めていただけだった。

「で？　どうするのよ？　本当にカインのパンツ差し出してみる？」

「ダメだ。もっと暴走するに一票」

「それもそうね。あたしもそっちに一票」

「どっちにしろ、ロクな結果にならないだろう」

　ふざけた会話に聞こえるが、彼らは真剣にリズを思って議論をしていた。

　――そんな時だった。

『ゴゴゴゴゴゴッ……！』

「ん……？」

「なんだ？　巨大な何かが近づいてくる……？」

　どこからか大きな魔力噴出音が聞こえてくる。宙を飛んでいるのか、遠い空から正体不明の『何か』が近づいてきていた。

「あっ……！　あれはっ!?」

「まっ、まさかっ……！」

　やがてそれは皆が目視できるほど接近してきた。

　長さ数十メートルはある大きな円柱状の物体。そこから生える無数の触手。魔鉱石でできた頑丈なボディ。

　それはかつてリズが開発した至高のおもちゃであり、一年前、魔王軍の軍隊長である『触手大王イカ魔人』と激闘を繰り広げ、その末に散った勇敢な戦士でもあった。

　その戦士の改良版が主人のピンチを察して、この地に参上したのだった……！

「まさか、やって来たのか!?　『女子会（闇）【改二】号』ッ……！」

「うおおおおおぉぉぉぉぉぉぉぉぉっ……！」

勇者メンバーは（カインを除いて）沸き立つ。

『触手大王イカ魔人』と互角の戦いを繰り広げた雄姿は、未《いま》だ彼ら彼女らの脳裏に焼き付いていたのだ。

「な、にゃにゃにゃっ……!?　にゃにアレっ!?」

「なんだ、あのとち狂った物体は……？」

「触手がうねうねしまくっていて気味悪いんじゃがっ……!?」

ただ、あの勇敢な戦士の姿を知らない新参者たち三人は動揺していた。何か気持ち悪いものが空を飛んでやって来たのだ。

『ゴ主人様、今オ助ケシマスッ！』

『女子会（闇）【改二】号』はリズの手によって以前よりパワーアップしている。音声機能が付いて『言葉攻め』のプレイが楽しめるようになっていた。

リズが記憶を失う前に作り上げた改良版『大人のおもちゃ』だった。

「『女子会（闇）【改二】号』がリズに突っ込むぞ……！」

『女子会（闇）【改二】号』は魔力を推進力に変えて空を飛んでいる。そのまま高速を保ち、ご主人様を救うためにアタックを仕掛けた。

「ヴァ、ヴァ、ヴァ、ヴァァァァァァァァァァァッ……！」

『グアアアアアアアアアアアアアァァァァァァァァァァァッ……！』

しかし無慈悲っ……！　リズの放つ白黒の魔力柱が『女子会（闇）【改二】号』の体を穿《うが》つ。魔王軍の攻撃にも耐えられるように設計された魔鉱石のボディも、今のリズの魔法の前には無力であった。

『ゴ、主人……様……ドウカ、正気ヲ……取リ戻シテ……』

「『女子会（闇）【改二】号』ーーーッ!!」

おもちゃの巨体が削り取られ、推進力を失い墜落していく。その間にも魔力の柱による容赦ない攻撃は続き、心優しき戦士の体が消え去っていく。

海に落ちきる前に、主人思いの勇敢な戦士は塵《ちり》も残さず完全に消滅した。

「『女子会（闇）【改二】号』ーーーッ!!」

勇者パーティーから悲痛な叫び声が上がる。この誇り高き戦士は二度その身を犠牲にしている。そしてまた、その勇敢さによって新たな犠牲が生まれてしまった。

その悲しい事実に勇者パーティーの皆は涙を禁じ得なかった。

「いや……なんだったんだ？」

「気にすんな、ただの茶番だ」

「カインっ……！　アンタって本当に血も涙もない奴ねっ……！」

新参者は困惑し、カインはほとほと呆《あき》れていた。

「あっ！　皆、リズを見てくれっ……！」

「えっ？」

そんな時だった。

暴走し、白目を剝《む》いて正気を失っているはずのリズの瞳から、涙がぽろりぽろりと落ちていった。

「リズが『女子会（闇）【改二】号』の死を悲しんでいるんだっ！」

「やっぱりあんな状態になっても人の心が残っているのよ！」

「見てくれっ……！　魔力の柱の大きさも光も、若干ではあるものの弱くなっている気がしないかっ⁉」

正気を失っている中でも自分の愛したおもちゃの死に何かを感じて動揺しているのか、リズの目から涙が止まらず、発する魔力の量も減っていた。

「カイン殿！　今ならリズのもとに届くかもしれない！」

「あのあのっ！　やりましょう、カインさん！　『女子会（闇）【改二】号』の死を無駄にしないためにもっ……！」

仲間たちはやる気に満ちていた。一つは大切な仲間を救うため。もう一つは勇敢な戦士の犠牲を無駄にしないため。

彼らの士気は上がっていた。

「……俺の言葉には反応がなかったのに」

カインが口を尖《とが》らせ、拗《す》ねた様子を見せる。彼は何かもやっとしたものを感じてしまうのだった。

「……皆、聞けっ！」

ただ彼はすぐに切り替える。今がチャンスであるのは間違いなかった。

「全員の強化魔法を俺一人に掛けろっ！　俺が突っ込む！」

「なっ……!?」

「力が分散している状態じゃダメだ！　全員の力を俺一人に集中させろ！」

カインの言うことはもっともだった。連携が取れているとはいえ、数人がかりでは柱の一本も弾《はじ》くことができない。ここは全員の力を一つにまとめ、魔力の柱を貫けるほど大きな一つの力を作り出すことが肝心だった。

「でもカイン！　そんなことをしたら、さすがに君の体ももたないっ！」

しかし、その案にミッターが反対する。

それもそのはず。身体強化の魔法は一般的な魔法であるが、それを過度に集中させ過ぎれば体に毒となる。そのことは一般常識であった。

強過ぎる無理な強化は筋肉や心肺機能に強烈な負担をかけ、体が壊れてしまう。筋肉を断裂させてボロボロにし、強化によって高速になった血流は血管を傷つける。

しかし、カインの覚悟もまた強烈なものだった。

「必要なことだ！　生半可な強化じゃ通用しないんだっ……！　誰かがやらなきゃ、リズは止まらねぇっ！」

「……っ！」

「俺は……あいつのためなら何万回だって命を懸けてやるさ」

カインが笑う。

彼女を救いたい。それはここにいる皆の共通の願いであるけれど、その思いが一番強いのは他でもない、彼女の恋人であるカインだった。

「……分かった、絶対耐えてくれ、カイン殿」

「そのそのっ！　ムリだと思ったらすぐに中断してくださいねっ！」

「あぁ、ありがとよ」

カインの覚悟に、皆が折れる。

そして、この場にいる八人の魔力がカイン一人に集中した。

「ガッ……！」

超人たちの身体強化の魔法を一斉に受け、彼の体がびくんと跳ねる。口から、目から、血が漏れ出す。

「ガアアアァァァァァァッ……！」

彼の体の中で八人分の魔力が暴れ回る。筋肉が過剰に肥大し、彼の体が一回り大きくなる。血流が彼の体の内側で、あらゆる臓器を傷つける。

普通だったら死んでしまってもおかしくないほどの過剰な強化。

しかし彼の体はそれに耐える。それほどまでに元々の体が強靭《きょうじん》に鍛え上げられていた。紛れもなく、彼は幾千幾万の戦いを乗り越えてきた超人だった。

「ははっ……これは『聖剣アンドロス』以上の強化かもな……」

口から血を零《こぼ》しながら、カインが呟《つぶや》く。『聖剣アンドロス』の奥の手は反動付きの超身体強化魔法。だが八人の力を集めれば、それを超える強化となるのだった。

しかし逆を言えば、『聖剣アンドロス』はたった一本の力で超人八人分の強化に匹敵するものであった。しかも反動付きとはいえ、発動中は体への負担はとても少ない。そういう意味ではやはりカインの持つ聖剣も凄《すさ》まじい力を誇る代物であった。

「しかし……今、この力は重ね掛けできそうにねぇな……」

彼の体は限界ギリギリを保っている。これ以上の強化はいかにカインといえども、さすがに不可能だった。

彼は一息深呼吸をする。口から血を垂らしながら、足に力を込める。ふくらはぎの筋肉が膨れ上がり、爆発してしまうかと思うほどの痛みが走った。

「……それじゃ、行ってくる！」

その一言を最後に、カインの攻撃は始まった。

魔力で作った足場を蹴り、尋常ならざるスピードで飛び出していく。その様子はまるで砲弾。彼が飛び出すために蹴り飛ばしただけの足場から、強烈な衝撃波が周囲に広がり、轟音《ごうおん》が鳴り響く。

「わっ……！」

「きゃっ！」

歴戦の勇者パーティーの皆でさえ、思わずその衝撃に身を屈《かが》めた。ただの余波だけでそれほどの威力が生じていた。

「ア゛ア゛ア゛ア゛アァァァァァァァッ……！」

まるで自分の身を守るかのように、リズはまた魔力の柱を大量に発生させる。今まではそれだけで何者も彼女に近づくことすらできなかったが……。

「貫けえええええええぇぇぇぇぇぇっ……！」

人間の限界を超えた速度で飛び出すカインが聖剣アンドロスを前に突き出し、その剣に魔力を込める。

リズの作った黒い魔力の柱が貫かれ、そこに大きな穴が開いた。彼らは初めてリズの暴走の魔法を打ち破ることに成功した。

「おぉっ！」

「いけるっ……！」

皆が手に汗を握りながら、その様子をじっと見守る。

カインはまた空中に足場を作り、もう一度足に力を込める。

「もう一度っ！」

カインがまたもや砲弾のように激しく飛び出す。二本目の白い魔力の柱も貫いて、さらに先に進んだ。

「このままぁっ……！」

カインは再度繰り返す。過剰な力に足は傷つき、ボロボロになって血が噴き出している。それでも彼は止まらない。止まる気はない。

リズとの距離はどんどん縮まっている。

「いけえええええええええええええええっ……！」

「ア゛ア゛ア゛ア゛ァァァァァァァッ……！」

その時、リズの雄叫《おたけ》びと共に魔法の形が変わった。

「え……？」

白と黒の魔力の柱が絡まり合い、合体し、横方向に長く広がっていく。それはもはや柱ではなく、彼女を守る防壁であった。

黒と白の色が混在した不気味な壁。それがカインの進行方向に広がった。

「がぁっ……！」

カインはその壁に激突した。

超強化されたその身体能力でも、残念ながらリズの作る防壁を突き破ることはできなかった。カインは超高速でその防壁に激突し、反動で大きなダメージを負ってしまった。彼の凄《すさ》まじいスピードそのものが、ダメージとなって彼自身に跳ね返ってきてしまう。

彼の進撃は止まる。そのまま速度を失い、体は重力に従って下へと落ちていった。どぼんと水飛沫《みずしぶき》を上げて、海の中へと沈んでいく。

「カインさんっ……！」

「カイン殿！　今助けるっ……！」

シルファが魔力を鞭《むち》のように扱い、リズの作り出す魔力の柱を避けてカインのもとに潜り込ませる。その魔力の鞭をカインの体に巻き付け、彼の体を引っ張り上げた。

「ぜぇぜぇ……た、助かる。シルファ……」

「一旦メルヴィのところに戻ろう。彼女の回復魔法が必要だ」

シルファはカインの体を抱えながら空中を飛び跳ね、メルヴィとアルティナとラーロのいる浜辺へと退いた。

すぐにメルヴィが駆け寄って来て、ボロボロのカインの体に回復魔法を掛ける。

「ご無事ですか⁉　カインさんっ⁉」

「ははは っ……ちょっと無茶したが、この程度なんともねえよ……ぐふっ、げほっ……げほっ！」

強がりながら、カインは吐血した。

「シルファ、助かった、ありがとう。そろそろ下ろしてくれ……げほっ」

「あぁ……なんにせよ、無事で良かった」

「すまんがメルヴィは引き続き治療魔法を掛け続けてくれ」

「そのそのっ、もちろんです！」

カインがシルファの手から離れ、その場に座り込む。

「ふぅ……」

一息ついて、顔を上げた。見つめるのはもちろんリズの方だ。

「……しかし、成果はあった。あいつの引き出しを一つ開けてやった」

今もまだ、カインの突進を阻《はば》んだ白黒の壁は残されている。あれをどう突破するか。メルヴィの治療を受けながら彼は思考を巡らせていた。

「あの壁を無視して、大外から回り込むのは？」

「でもまた壁を張られたら結局同じ結果だと思うよ。四方向と上方向、あの壁で囲っちゃえばリズは鉄壁になるんだから」

空中にいたレイチェルとミッターもこちらに戻ってくる。

「それをやらないのは彼女が今、正気を失っているからだろう。だが誰かが接近すれば防衛本能が働き、先ほどと同じようにあの壁を作って接近者を阻《はば》むのだろうね」

「結局はあの壁を破らねばならぬのじゃのぅ……面倒なことじゃ……」

ヴォルフとクオンもその場に集まる。一旦仕切り直しであった。

「さぁ、どうするか……」

カインは顎に手を当てて考える。しかし良い案は出てこない。皆も同じで首を捻《ひね》るけれど、劇的な解決案なんてそうそう出てこなかった。

今の彼らにとって幸運と言える点は、こうしてゆっくり考え事をする余裕があることだ。普通の戦場であったら腰を据えて考え事をする暇などない。不利な状況にたじろいでいるうちに、攻め込まれて敗北するだろう。

しかし今の相手は正気を失ったリズである。彼女はただその場に佇《たたず》み、意味なく魔法を垂れ流しているだけである。その魔法に阻まれて彼女に近づけずにいるのだが、射程範囲から出てしまえばまるで無害な存在に変化する。

「しかし、どうしたものか……」

だが無駄に時間をかけていられない事情もある。

リズの魔力の問題だった。あれだけ過剰な力を放ち続ければ、いずれ自滅して彼女自身を傷つける。その先に待っているのは彼女の死だろう。あくまで予測であるが、そうなる可能性が高いと彼ら全員が同じ考えを持っていた。

リズには後どのくらいの余裕があるのか。タイムリミットはいつか。それはこの場にいる誰にも分からない。

分からないけど、あの壁を突破する妙案も出てこない。いや、もしかしたらあの壁を破ってもさらに奥の手が飛び出してくるかもしれない。

「…………」

「…………」

思考に時間がかかる。しかし、時間をかけるほど彼女の死が近づく。もしかしたらもう余裕なんてものはなく、すぐにでもリズは死んでしまうのかもしれない。

その可能性も十分にあり、彼らの中にじわりと焦りが生まれていた。

――そんな時だった。

『ピピーーーーーーーーーーーーーッ！』

「ん？」

笛が鳴った。

ホイッスルの甲高《かんだか》い音。この極限状態の戦場に似つかわしくない軽い音に驚き、勇者パーティーの皆が音の方向を振り返る。

そこにいたのはライフガードの女性であった。

「あの女性は……」

昼間、海水浴場を監視していたライフガードの天使の女性だ。カインははっきりと覚えている。

背中には特徴的な黒い翼。そして、特徴的な長い髪。頭頂部は白色で、毛先の方へ行くほど黒色が混ざっていく。白から黒へのグラデーションという、一目見たら忘れられない髪の色をしていた。

溺れる子供の救助という印象的な活躍をしていたので、カインはその天使の女性のことをすぐに思い出した。

「えぇっと……？　海のライフガードの方？」

「あのあの、なんで今ここに？」

「しかも警察官の人たちもいるし……」

ミッターの言う通り、ライフガードの天使の女性の後ろには、いつもの警察官の制服を着て白い翼を生やした天使の方が十名ほど控えていた。

「うっ……警察……」

その中でヴォルフが少したじろぐ。リミフィニア王女の猛烈なアタックによってロリコン容疑をかけられ、彼は何度も警察のご厄介になっているのだ。

彼は警察に苦手意識を持っていた。……持たざるを得なかった。

「えぇと……あの、今ここは想像以上に危険な場所なので、近寄ってはいけませんよ。離れていてください……？」

『ピピーーーッ！』

「わっ……!?」

カインが対外的な丁寧な口調でそこにいる天使の方々に忠告するけれど、ライフガードの女性はホイッスルを一吹きして、その言葉を遮《さえぎ》った。

彼女の視線は真っ直ぐに、空に浮かぶリズの方を向いていた。

勇者パーティーの皆は予想外の乱入者に困惑する。

「……んん～」

ライフガードの女性は大きく息を吸い込み、そして大声を発した。

「神界法第72条っ！」

「……っ!?」

「人間界における堕天使の干渉及び暴走について！　対象の身柄を拘束するわよ～！」

「ラジャーッ！」

ライフガードの女性の号令により、背後に控えていた警察官の天使たちが一斉に白い翼を羽ばたかせ、リズのいる方向へと動いた。

「は、はぁ～っ!?」

勇者パーティーの皆は目を丸くする。

警察の介入。思わぬ乱入者の出現に、皆は驚きを隠せなかった。

「……だ、駄目だ！　皆さん！　今のリズは本当に危険でっ……！」

一拍置いてから、カインは再び制止の忠告を口にする。今のリズの放つ魔法は超強力。当たってしまったら、普通の人間は塵《ちり》も残さず消滅してしまうはずで……。

「ホーリーシールド！」

「ホーリーシールド！」

「ホーリーシールド！」

「……え？」

しかしカインの予想とは裏腹に、警察の天使たちはリズの魔法の一部を弾《はじ》く。三つの盾で力を合わせ、上手く彼女の攻撃から身を守っていた。

しかも……、

「お、おい……メルヴィ、あれって……」

「は、はいっ！　そのそのっ……あれは紛れもなく『聖魔法』です！」

神様の力が基になっているといわれる『聖魔法』。それを天使の警察官たちはいともたやすく使いこなしていた。

「いくのよ〜！　堕天使ちゃんを優しく確保して〜！」

「ラジャーッ！」

浜辺にいるライフガードの女性がゆったりとした口調で指示を出す。十名の天使の警察官たちはリズの周りを飛び回るけれど、未《いま》だ誰も消滅していない。彼女の攻撃をギリギリで躱《かわ》し、防いでいる。

「…………」

警察官たちの思わぬ実力にカインたちは口をあんぐり開けて、呆《ほう》けてしまう。

暴走するリズに、警察の介入。

事件は思わぬ方向に展開したのだった。

第66話　【現在】堕天使

「…………」

「…………」

カインたち勇者パーティーの一行は、目を丸くしながら空を見上げていた。

そこにはリズと、彼女の攻撃を何とか凌《しの》いでいる天使の警察官十名が踊るように空を飛んでいた。

普通の人間では防ぐことすらできず消滅に至るリズの超魔法。それを不完全とはいえ、天使の警察官たちは何とか防ぎ、躱しきっている。

いつも街の治安維持を担っていた身近な存在が、これほどの強さを持っていたことに驚きを隠せなかった。

「け、けど……あたしたち以上の強さってわけではなさそうね……」

「ま、まぁ……そうだけどよ……」

動揺しているが、レイチェルの言うことは的を射ていた。

十名の天使の警察官たちは善戦こそしているが、リズに接近はできていない。自分の身を守ることに精一杯で彼女を止められそうにはなかった。

全員が『聖魔法』の使い手であるという驚くべき事実はあれど、戦況は先ほどカインたちが戦った時と似たり寄ったりである。むしろ、リズに防御壁を展開させたカインたちの方が一枚上手《うわて》であると見て取れた。

「だけど……」

「うん……」

皆が深刻な表情で頷《うなず》く。

世界的な英雄である彼らに匹敵する実力を持つ集団がいる。それだけで彼らにとっては驚きの事実であった。

「シルファ、あの天使たちの実力をどう見る？」

「そうだな……遠くから眺める限りの目算ではあるが、私一人ではあの警察官二人もしくは三人を同時に相手取るのが限界だろう。大体そのくらいの実力だ」

「……だな。俺も大体同じ見解だ」

彼らの言葉に皆が息を呑《の》む。これは驚愕《きょうがく》に値する情報だった。

天使の警察官なんてそこら中を闊歩《かっぽ》している。いつもニコニコしていて、温和で優しく、街の治安を守っている。人族領の至る所で仕事をしており、その人数は決して少なくない。

もしも勇者チームに天使の警察官を百人迎え入れることができたなら、それだけで魔王軍との戦いは終了する。戦いにすらならず、人間側の一方的な勝利となってこの戦争は終結するだろう。

「…………」

目の前の異様な光景にカインは一筋の汗を垂らす。

天使たちの驚くべき実力。そしてリズの中に隠された力。今この海の上空で一体何が起こっているのか、カインたちはなんだかよく分からなくなっていた。

「こら〜〜〜！　お前たちぃ〜！　早くその堕天使ちゃんを捕まえなさ〜い！　堕天使ちゃんの負担になっちゃうでしょうが〜〜〜！」

そんな天使の中でも異質な存在が間近に一人。

ライフガードの女性の天使であった。戦いに加わることなく、この浜辺からただ指示だけを飛ばし続けている。

白い翼を持った警察官とは違い、彼女の翼は黒い。ただ、今戦っている警察官の天使たちより強い立場、高い地位にいるのは簡単に察せられた。

「あんたは……いや、あんたたちは一体……？」

カインはライフガードの女性に声を掛ける。

「ん〜〜？」

すると、ぴょんぴょんと砂場を跳ねるような軽い足取りで、ライフガードの女性がカインたちに近づいてきた。

「君たちが今噂《うわさ》の勇者君たちよね～？　私たちは神界の天使。いえ、私だけは堕天使だけどね～。今後ともよろしく～～～っ！」

にこにこしながら軽く挨拶をしてくるライフガードの女性。ただ、その自己紹介の中に聞き慣れない単語が混ざっていた。

「し、『神界』……？」

カインは目を丸くしながら、その言葉を聞き返す。

「ん～～～？　勇者といえど、私たちの立場には気付いてないのかな～？　しょうがないわよね～。まだ生まれてからたった19年ほどしか経《た》ってないんだものね～」

「…………」

ライフガードの天使の女性はまるで小さな子供をあやすかのように、カインたちに優しく語り掛ける。

「『神界』っていうのはね～、そうだな～、なんて説明しようかしら～～～」

ライフガードの女性はのんびりとした口調で頬に手を当て、ゆっくりと考える。気の抜ける様子ではあるが、これから語られるのが自分たちの想像を超える真実であることは、カインたちにも察しがついていた。

「知らない？　ほら、二千百二十年前にどったんばったんやった『天地戦争』。あの時に人間界や魔界にかなり干渉していると思うんだけど～。伝承残ってない～？」

「……っ！」

『天地戦争』はカインにとって最近よく聞くワードだ。アルティナの聖剣に纏《まつ》わる伝説であったり、つい先ほどクオンの口からも語られた伝承でもある。

「私たち天使はその『神界』側の存在なの～。『天地戦争』の際に『神界』と『地獄界』は講和条約を結んでね～、『神界』は人間界を、『地獄界』は魔界を、過度な干渉はせずそっと見守りましょ～ってことになったわけなの～」

「…………」

目の前のライフガードの天使は、重大な事実をまるで道端での世間話であるかのごとく、軽くポンポンと語る。

「じゃあ……街中でよく見かける天使の警察官ってのは……」

「『神界』から派遣された人間界の見守り役ね～。見守りながら、人間たちのちょっとしたトラブルを解決したりしてるわ～」

「…………」

カインたちは唖然《あぜん》とする。

人間界に住む者なら誰にとっても身近な存在である天使の警察官。自分たちの街の治安を維持してくれている頼りになる存在。

そんな彼らにこんな重大な事実が隠されていたとは。

「天使の警察官の存在に、今まで疑問を持ったことなどなかったぞ……」

「あたしも……天使っていうのは、ただただそういう種族なんだと……」

「ん〜〜、まぁ仕方ないかもねぇ。二千年以上も人間界の治安維持に努めていたら、人間にとっては『そういうものだ』って常識になってこびりついちゃうかもね〜」

呆然《ぼうぜん》として言うシルファとレイチェルに、ライフガードの天使はくすくす笑いながら軽く言葉を返していた。

「ぐわああああぁぁぁぁぁあっ……！」

「くっ……！　この堕天使、強いっ！」

カインたちがライフガードの天使から話を聞いている間、天使の警察官たちはリズの暴走に苦戦していた。

十名の天使たちがリズを囲むように飛び回るも、彼女の発する黒と白の魔力の柱によって弾《はじ》き返されてしまう。

「こら〜〜！　お前たちぃ〜！　何やってんだぁ〜！　情けないぞぉ〜〜〜！」

「そうは言ってもですね、リリス様！」

「『聖魔法』はギリギリなんとかなるのですが、『地獄魔法』の方が厄介で……」

天使の警察官の一人がライフガードの天使のことを『リリス』と呼ぶ。彼女の名前は『リリス』というらしかった。

「……リリス？」

その名前に反応できたのは、クオン一人だけだった。

「リリス様がなんとかできませんか？　ほら、同じ堕天使ですし」

「そうしたいのは山々なんだけどねぇ～～～、ダメよぉ～。私の力は強過ぎて『人間界への過干渉』になっちゃうわぁ」

ライフガードの天使──リリスが背中の黒い翼をゆさゆさ揺らしながら呟《つぶや》く。『神界』側にも何かと事情があるようであった。

「……俺たちの力を使ってくれ」

「勇者君？」

リリスに対し、カインたちは覚悟の決まった視線を向ける。

「リズは俺たちの仲間だ。俺たちが救いたい」

「ふぅむ～～」

カインの言葉に仲間の皆が頷《うなず》く。顎に手を当てながら、リリスが意気込む彼らをじっと嘗《な》め回すように眺める。

「おっ……!?」

そして、リリスは何かに気が付いた。

「あなた～！　もしかして、その腰の剣って～～～!?」

「え、えっと……ボクですか？」

リリスが反応したのはアルティナの腰にぶら下がる剣であった。アルティナがその剣を鞘《さや》から抜く。

「やっぱり～～～！　『聖剣イクリル』だわ～！　なんて懐かしぃ～～～！　発掘されてたんだ～！」

リリスは『聖剣イクリル』を手に取り、顔を綻《ほころ》ばせる。

『聖剣イクリル』は神様からもたらされたとされる剣だ。当然、今までの話を聞けば天使と関係あることは察することができる。

「これね、これね！　私の友達が作った剣なの～！　結構役立つでしょ～！」

「は、はい……。この剣が何度も人族領を救ったと伝承で伝わっております！」

アルティナが若干緊張しながら答える。

「この剣をね～～～えいやっ！」

リリスが聖剣イクリルを聖なる力で包み込んだ。神々しい力が聖剣に力を与え、剣は眩《まぶ》しく輝いた。

「は～い、この剣を一時的に強化しておいたわ～。これくらいかしらね～、私がやっていい範囲は～～」

「あ、ああ、ありがとうございますっ……！」

リリスがアルティナに聖剣を返す。

アルティナが聖剣の柄を握ると、ぶるりと全身が震えた。その聖剣から凄《すさ》まじいほどの神々しい力を感じ取ったのだ。

ただでさえ強力な聖剣が、今の一瞬で底が見えないほど超強化された。分かっていたけれど、やっぱりこの人ただ者じゃない！　アルティナは黒い翼をもつ彼女のことを直感的に理解した。

「……アルティナ、頼みがある」

「カイン？」

そんな彼女にカインが声を掛けた。

「その聖剣を、俺に貸してくれないか？」

「え……？」

「リズがああなっちまったその原因は俺だ。俺の手で解決したいんだ」

リズの暴走の原因。それは彼女の心の葛藤だった。

決して自分には手の届かないカインという愛する存在。そして記憶を失ったことによるストレス。過去の絆《きずな》と力、そして愛情を、リズは無意識に探し求めていた。

そんな彼女の苦しみを、長く一緒に旅をしてきたからこそカインは自分の手で解決したかった。記憶を失う前の彼女と、失った後の彼女。どちらも知り、どちらも愛してきたからこそ、彼は自分自身の手で彼女を救いたかった。

「図々しい頼みだが、お願いだ。頼む……」

「……分かったよ。リズを絶対助けてよね！」

アルティナはカインの気持ちを汲《く》み、聖剣を差し出す。

「ありがとう、アルティナ」

リズとより長く一緒にいたのはカインの方である。彼女を救いたいという気持ちは彼の方が自分よりもずっと強い。それは簡単に想像できた。

だから、勇者が勇者に聖剣を手渡した。

「リリス様……でよかったか？」

「はい～？」

カインが堕天使リリスに向き直る。

「頼みがある。俺の持っている剣『アンドロス』も聖剣と呼ばれているんだが、この剣も強化してくれないか？」

「ん～～～？」

カインが『聖剣アンドロス』を抜き、それをリリスがまじまじと見る。

「……ん～ん。これは神界製じゃないわねぇ。神や天使の製作物じゃないみたいよ～？」

「……分かった。ありがとう」

カインは自分の『聖剣アンドロス』をじっと見る。

じゃあこの剣は一体なんなのか。アルティナが由来不明の怪《あや》しい剣と言っていたが、そのとおりかもしれないと感じた。

「……まぁ、いい。今はリズだ」

準備が整い、カインはリズの方に体を向ける。

彼女は相変わらずとんでもない量の魔力を放出し続け、周囲を飛び回る天使の警察官を寄せ付けない。

ただ、顔色が悪くなって体から疲労が滲《にじ》み出ているような気配を感じる。しかし彼女が弱るのを待つわけにはいかない。このまま力を放出し続ければ、彼女は命を落とすだろう。そんな予感がする。

だから、リズを止めないといけない。

「カインさん……本当にお気を付けて。体の方は完全に回復しきることができませんでしたから……」

心配そうにメルヴィが声を掛ける。彼女は今に至るまで、ずっとカインに回復魔法を掛け続けていた。

しかし超人八人分の強化魔法はカインの全身のあらゆる個所を傷付け、ボロボロにしていた。リズが作り出した、鉄のような防壁に超高速で激突してしまったダメージも大きい。こんな短時間で体全体のダメージを回復することは、メルヴィの高い技量をもってしても不可能なことであった。

「大丈夫だ、メルヴィ。心配すんな。あのバカ連れて、必ず帰ってくるから」

「……はい」

カインがメルヴィの頭を優しくポンポンと叩《たた》く。彼女はうっすらと頬を染めた。

「行くぞっ！　俺が先陣を切る！　皆は援護を頼むっ……！」

「はいっ！」

聖剣イクリルを手に、カインが飛び出す。

最後の攻防が始まった。

「ア゛ア゛ア゛ア゛ア゛ァァァァァァッ……！」

もう何度繰り返したのか、リズがまた『聖魔法』と『地獄魔法』の魔力の柱を大量に生み出していく。その内の一本、黒い『地獄魔法』の柱が強烈な勢いと共に、先頭を駆けるカインに向かって降り注ぐ。

「『聖剣イクリル』よっ！」

しかし先ほどまでとは状況が違う。強化された『聖剣イクリル』が強い輝きを放つ。

「だあああああああぁぁぁぁぁぁぁぁっ！」

カインが全身全霊で剣を振り切る。眩《まばゆ》く神々しい光が弾《はじ》け、地獄魔法の大きな柱を完全に断ち斬った。

「おぉっ……！」

「やった！」

これまでも数回、リズの攻撃を防いだり弾いたりすることには成功してきた。しかしそれは複数人の力を合わせてやっと、という感じであった。

だが今回は強化された『聖剣イクリル』の助力があったとはいえ、カイン単独で魔力の柱を完全に断ち切っている。戦闘状況において大きな進歩があったと言えた。

「……っ！　カイン殿、危ない！」

「くっ……！」

しかし、苦難は連続して起こる。

すぐにまたカインに向かって魔力の柱が降り注いでくる。今度の色は白。『聖魔法』による魔法であった。カインは全力で剣を振り切った直後である。この攻撃に、即座には対応できなかった。

「「ホーリーシールド！」」

「……っ⁉」

だがそんなカインを助ける者たちがいた。天使の警察官たちである。聖魔法による六枚の盾がリズの白い柱を防いだ。

「勇者君！　聖魔法の処理は我々に任せてくれ！」

「我々神族の得意とする魔法だ！　相殺《そうさい》するのも幾分やりやすい！」

天使の警察官たちがカインに近づいて、自分たちの作戦行動を伝える。

「あのあのっ！　わたしも聖魔法が使えますっ！　わたしの力も役立ててください！」

「ボクも！　今は手元に聖剣がないけれど、僅かなら聖魔法が使えるから！　役に立てるはずっ……！」

「ありがたい。では我々の力に重ねるようにして魔法を使ってくれ」

「はいっ！」

メルヴィとアルティナが天使の警察官の手伝いを申し出る。聖魔法には聖魔法で防御する。その方針が固まった。

「ありがてぇ、助かる」

「だが地獄魔法の方はなかなか厄介だ」

「我々の魔法とは完全に反対属性のため、防ぎきるのは難しい」

天使の警察官たちが難しい顔をする。

聖魔法と地獄魔法は対をなすものであった。『神界』と『地獄界』は対をなす世界であり、それぞれが得意とする魔法もまた完全に反対の属性となっていた。

「分かった。地獄魔法の処理は俺が何とかする」

「ちょっと、カインーっ！　軽々しく何とかするなんて言って、なんか策はあるのっ⁉」

カインの言葉に対して、レイチェルが突っ込みを入れる。

「……何とかしてぶった斬り続ける」

「ほら！　策なんてないんじゃない！　それで本当に何とかなるのっ……⁉」

レイチェルの指摘は正しかった。実際、地獄魔法に対する有効な策はなく、先ほどのように全力でぶった斬るしか防ぐ手段はなかった。

「だが今、悩んでいる時間はない！　何とか援護を頼む！」

「あーっ！　もう！　行き当たりばったりなんだからっ……！」

カインは更に前に進む。困難が待ち受けると分かっていても、今は前に進むことしかできなかった。

「うーむ……」

そんな時、クオンがうなり声を上げながら何やら首を傾げていた。

「クオン、どうした？」

近くにいたヴォルフが話しかける。

「いやのぅ……先ほどあの天使が『神界』は人間界を、『地獄界』は魔界を見守ることになったと言っとったじゃろ？」

「確かにそう言っていたな」

「そう考えると、わらわたち魔族領の中に『地獄魔法』の痕跡があってもおかしくないと思ってのぅ……」

『神界』が天使の警察官を派遣するという形で人族領に干渉しているのと同じように、魔族領も何かしら『地獄界』から干渉を受けている可能性が高い。

そこに『地獄魔法』の痕跡があるのだと、クオンは考えていた。

「……とりあえず出してみるかの」

「何をだ？」

「魔王家に代々伝わる伝説の武器。闇を凝縮した闇から作り出された至高の宝。……我が最強の武器。出でよっ！　『闇より深き闇の王《ダーカー・ダークキング》』っ！」

クオンが手のひらを天高くかざし、そこに強大な闇の力が集約していく。その強い力を皆が感じ取った。体が震えるほどの膨大な闇の魔力がクオンの手のひらに集まり、それが形を成して武器となっていく。

かつてカインたちを苦しめた魔王家最強の武器。

――ピコピコハンマーがまた姿を現した。

「おい、クオン！　それしまえよ！　気が抜けるんだよ、その武器！」

「なんじゃーっ！　カイン！　文句あるんかーっ!?　魔王家に伝わる究極の宝をバカにするのは許さんぞーっ！」

言い争いをしながらも、クオンは黒いピコピコハンマーを力強く振りかぶる。

「ゆけーーーっ！　『闇の王の偉大な星《ダークキングズ・グランドスター》』！」

クオンが思いっきりピコピコハンマーを振り切ると、そこから星の形をした魔力の塊《かたまり》が大量に生み出された。その星たちはリズの作る『地獄魔法』の柱に命中し、その柱を削り取って、やがては風穴を開けることに成功した。

「おぉっ……!?　なんかやたら効いてないかっ!?」

「やはりっ！　我が王家に伝わってきた『闇より深き闇の王』には『地獄魔法』の加護が含まれていたみたいじゃっ！　この王家の宝は『地獄界』からもたらされた一品なのじゃろうっ！」

クオンの武器には僅かに『地獄魔法』の要素が含まれていた。彼女はリズの放つ『地獄魔法』を何度も目の当たりにするうちに、どこか既視感を覚えていた。

そしてリリスの話を聞いて閃《ひらめ》いた。自分の王家の武器に『地獄魔法』の加護が含まれているのではないか？

それは大当たりだった。同質の力がぶつかり合い、リズの地獄魔法の柱の一つに大きな傷を付けることに成功していた。

「どんどんゆくぞーっ！　ヴォルフよ！　闇の力でわらわを強化せよっ！」

「あ、あぁ……分かった」

ヴォルフが闇の強化魔法をクオンに掛け、ピコピコハンマーの威力はさらに増大した。

「くそっ、あのふざけたピコピコハンマーに感謝しなきゃいけない日が来るとは……」

「こらーっ！　カイン！　聞こえとるぞ！　嫌ならやめてもいいんじゃぞっ！」

「心の底から感謝しておりますっ！　クオン大魔王様っ……！」

カインは自棄《やけ》になって大声で叫んだ。

「皆、聞けぇっ！　聖魔法の柱は天使とメルヴィとアルティナが処理する！　残りのメンバーは全員クオンの援護をしろぉっ！　地獄魔法の柱を破壊しろっ！」

「りょ、了解っ……！」

「ふぉっふぉっふぉ。魔王の闇の魔法に助力する日が来るとはのぅ。長生きはしてみるものじゃ」

ヴォルフとラーロは闇の強化魔法によってクオンを強化し、クオンが攻撃を仕掛けるタイミングに合わせて、シルファ、レイチェル、ミッターの三人もクオンと同じ地獄魔法の柱に攻撃を仕掛けた。

連携はばっちりで、クオンたちの攻撃によってカインの進行方向にある地獄魔法の柱に大きな穴が開いた。

カインがどんどん前に進む。聖魔法の柱は天使とメルヴィたちが、地獄魔法の柱はクオンたちが処理し、カインの進む道を切り拓いていく。

今まで散々進行を阻《はば》まれてきた魔力の柱を次々と攻略していった。

「いけるっ！　いけるぞっ……！」

「いや、油断しちゃ駄目だ！　問題の箇所にカインが辿《たど》り着いたよっ！」

ミッターの言う通り、カインは大きな壁に直面することとなる。

文字通り、大きな壁。

先ほどカインの突進を阻んだ黒と白の混ざり合った広い壁のあるところまで、カインは到着した。リズが作り出した聖魔法と地獄魔法を混ぜ合わせた強力な防御壁。これを突破しないことにはリズのいる場所まで辿り着けない。

だがカインの進撃は止まらない。そのままスピードを落とさず空中を飛び跳ねながら、彼は聖剣イクリルを大きく振りかぶり、その剣に強い魔力を込めた。

「全員っ！　最大出力！　俺の攻撃する位置に合わせて、最大威力で攻撃を仕掛けろ！」

「ラ、ラジャーッ！」

カインの策は正面突破。小細工なしで、全員の力を同時にぶつけて壁を突き破るつもりだった。

「いくぞっ！　聖剣イクリルッ……！」

カインの持つ聖剣イクリルが強い輝きを放つ。

「魔法剣！　最大出力！」

「我が槌《つち》の衝撃よっ！　空を走り、壁を砕けっ……！」

シルファとレイチェルが全力の遠距離攻撃を放つ。

「全員っ！　ホーリーランス、発射！」

「はっ！」

天使の警察官たちは統率された動きで、聖魔法の槍《やり》を放つ。メルヴィとアルティナも慌てその動きに合わせる。合計十二本の聖なる槍が降り注ぐ。

「もう一度ゆくぞっ！『闇の王の偉大な星《ダークキングズ・グランドスター》』！」

「放てっ！『ブラックランス』！」

クオンは先ほど使った技を、ヴォルフは黒い闇の力を纏《まと》った槍を投擲《とうてき》した。

「我が究極の魔法よ！『エンシェントノヴァ』」

そしてラーロが自分の使える最大威力の魔法を放つ。

「はあああああああああぁぁぁぁぁぁぁぁぁぁっ……！」

カインが聖剣イクリルを白黒の防御壁にぶち当てる。それと同時に全員の最大威力の攻撃が着弾した。

壁がひび割れる。今まで経験してきた戦いの中で、どんな防御よりも硬い最も強靭《きょうじん》な防御壁が音を立てて崩れ始める。

「いけええええええええええええぇぇぇぇぇぇぇぇぇぇっ……！」

ダメ押しとばかりに、カインが聖剣イクリルにさらなる力を込める。

リズの作る拒絶の壁が崩壊した。

「リズっ……！」

「…………」

ここまでくれば、もうリズは目前。彼女との距離は残り五メートルまで迫っていた。

しかし今のカインには、この五メートルがとてつもなく遠い距離だった。

「ア…………ア゛ア゛ア゛ア゛ァァァァァァァッ……！」

「むっ……!?」

その時、リズの様子が変わった。正気を失った白い目は今まで何かに注目することなく視線は宙をさまよっていた。

しかし今、その白い目の視線がカイン一人に向けられた。

「コ……ナ゛イ……デ……」

「リズっ……！」

正気を失った彼女が初めて明確に示す、拒絶の言葉。彼女は手を前に差し出し、そこに黒い地獄魔法の力が集結し始めた。

「いけないっ！」

「カイン殿っ……！」

今までリズは魔法を無作為に垂れ流していた。作為的に作られた魔法は最強の硬度を誇った防御壁だけであり、それ以外は全て彼女が無意識の中で漏らしていた意味のない魔法にすぎなかった。

そんな無作為な魔法にもとんでもない苦労を強いられた。しかし今、リズの手のひらは明確にカインに向けられている。

暴走状態の彼女が初めて使う、近付く者を拒む攻撃魔法。その予兆に、遠く離れる皆の肌ですら粟立《あわだ》った。

「くっ……！」

カインはたった今全力で攻撃を放った直後である。体勢は崩れ、攻撃を迎え撃つ準備行動も、回避のための移動準備も整っていなかった。

それでも無慈悲に、リズの初めての攻撃魔法は放たれようとしていた。

「カイン殿っ！」

「カインさんっ！」

「くそっ……！」

その時だった。

「ダメだなぁ」

カインの前に割り込む人物が現れた。

「リーダーが前に出るなんて……。前に出て皆を守るのは僕の役目でしょ?」

「ミッター……!?」

カインの目の前に現れたのは、盾を構えたミッターだった。

彼は盾使い。勇者パーティーの中でタンクの役目を担っている。盾を巧みに使い、敵の攻撃を防いで仲間の皆を守る役目だ。彼の言う通り、常に戦闘の最前列に居座って剣と盾を振るい続けてきた。

今回、リズの防御壁を壊す攻撃にミッターは参加しなかった。その代わり、自分の最高の仕事ができる場所へ。咄嗟《とっさ》にカインを守れるよう、後ろからこっそり彼に近づいていたのだった。

そしてその役目がやってきた。暴走するリズの攻撃魔法という最凶の厄災からカインを守るために。

「あらゆる害意から仲間を守れっ!『グランドシールド』っ!」

ミッターが自分の盾に最高の防御魔法を掛ける。

「くっ! ミッターを守れ!『マキシマムバリア』!」

「ヴァ゛ア゛ア゛ア゛ァァァァァァァァッ……!」

カインがすぐ後ろからミッターに防御魔法を掛けて援護する。それと同時に、リズの手のひらから地獄魔法の黒い光線が発射された。

「ぐっ……！」

ミッターの盾がリズの攻撃を一瞬弾《はじ》く。しかし、その一瞬がミッターにとっての限界だった。すぐに盾はひび割れ、砕け、彼の体は黒い光線に呑《の》み込まれた。

ボロ負け。それがこの攻防の揺るぎない事実だった。

「ミッタアアアアアアアァァァァァァッ……！」

彼の恋人であるレイチェルが悲鳴を上げる。ミッターの体は黒い光線に弾かれ、遠い浜辺まで吹き飛ばされていた。

彼の体はボロボロ。たった一撃で重傷を負ってしまう。普通の人間だったらもう二度と立ち上がれないほど、全身が傷ついてしまっている。

だけど、彼の顔だけは笑っていた。

「行け……カイン……」

最高の攻撃を放った直後のリズに接近する影が一つあった。

――カインだ。

彼はまだこの場に踏みとどまり、リズのすぐ傍《そば》まで近づいていた。

ミッターはリズの攻撃を一瞬しか防げなかった。しかし、その一瞬さえあればカインはその場から脱出することができるのであった。ミッターの防御によって威力の弱まった黒い光線を内側から斬って脱出し、横から回ってリズに接近した。

今の暴走状態のリズの攻撃を食らえば、生き残れる者など存在しない。そんな中でミッターは彼女の攻撃を一瞬防ぎ、自分の命をなんとか保ち、カインへ最高の援護をした。

戦闘はボロ負けであったけれど、結果は最高の状態を作り上げた。

「届いたぞ！　リズっ……！」

「ア゛ア゛ア゛ア゛アァァァァァァァァッ……！」

カインはリズの目の前まで接近していた。遠かった五メートルの距離を埋め、長かった戦いを粘りに粘り、ようやく彼は彼女の前に立ちふさがった。

「ア゛ア゛ア゛ア゛ア゛ア゛アーーーーーーーーーッ！」

リズはこれまでで一番甲高《かんだか》い奇声を発する。

そして、最も凶悪な魔法を練り始めた。右手に聖魔法、左手に地獄魔法。それを混ぜ合わせ、白と黒が入り混じった一つの球体を作り上げる。

「ひっ……!?」

「あ、あれはっ……!?」

白と黒が溶け合った最悪の魔法。リリスを除いたその場にいる全員がゾッと恐怖に身を震わせる。周辺地域に住む一般人が、その魔法の気配だけで気絶した。

アレに触れたら肉体は完全に消滅し、塵《ちり》も残さない。アレが弾《はじ》け飛んだらこの海辺の町が……いや、それよりももっと大きな範囲が消し飛び、消滅する。

この場にいる世界最高の実力者たちは、リズの球体の魔法を見ただけでそう判断し、そして自分にはどうすることもできないことを一瞬で察する。

——しかし、カインは退《ひ》かなかった。

「俺に力を寄こせ……聖剣アンドロス！」

カインがもう一本の聖剣を鞘《さや》から抜く。右手に聖剣イクリル、左手に聖剣アンドロス。二本の聖剣を同時に構えた。

「最大解放っ……！」

カインの体が一瞬で赤黒色に染まる。

聖剣アンドロスの奥の手は、時間制限付き、反動付きの、身体能力超強化である。術の終了後は激痛を伴い、体が全く動かなくなってしまうが、一定時間内は人間の限界を超えた身体能力を得られるというものだ。

その特性故、カインは普段この奥の手を使わない。使ったとしても弱めに、浅く、反動の激痛をなるべく減らすような形で使用してきた。

そんな恐ろしい奥の手をカインは惜しみなく全開放した。

それが彼の覚悟の表れであった。

右手には超強化された聖剣イクリル、左手には最大解放された聖剣アンドロス。今この瞬間、彼はこの地上で何者をも凌駕《りょうが》する最強の存在へと至った。

目の前の暴走するリズすら超える存在に……。

「終わりだああああああぁぁぁぁぁぁぁぁっ……！」

カインが叫び声を上げながら二本の聖剣を振り切る。リズが練り上げていた球体の魔法は四つに割れ、塵になって消滅していった。

「ア……」

表情のないはずのリズの顔からも、驚きのような感情が滲《にじ》み出る。カインはこの地上では絶対に起こりえないような奇跡を起こしたのだった。

「……そんな心配そうな顔をするなよ」

正気を失ったままのリズに向けて、カインが優しい声で語り掛ける。

「ずっとずっと、いつまでも待ってるから……」

そしてカインはリズの頭上を飛び越え、彼女の背後に回る。今まで通り魔力を固めて足場を作り、軽く飛んでリズの上へ。

二本の聖剣を再度振りかぶる。狙いは初めから決めていた。

「ぜああああぁぁぁぁぁぁぁっ……！」

全力で剣を振り下ろすと、リズに生えた黒い翼――堕天使の翼は、根元から断ち切られた。

「ア……」

短い声を漏らし、リズから発せられる魔力が消滅していく。そびえ立っていた白と黒の魔力の柱が消え、黒と白の混ざった防御壁の残骸も消滅し、海に平穏が戻り始める。

白目を剥《む》いて歪《ゆが》んでいた表情が穏やかなものになり、彼女から発せられていた異様なプレッシャーが消え失《う》せていく。

「………」

そしてリズは意識を失ったのか、糸の切れた人形のように身動き一つせず、そのまま下へ下へと落下していった。

そのリズにカインが近づいて彼女の体をぎゅっと抱きしめ、一緒に高い空から落下していった。

「ずっとずっと……愛しているから……」

意識のないリズの耳元でカインが囁《ささや》く。

やがて二人の体は着水する。

大きな水飛沫《みずしぶき》が上がり、それが戦いの終わりを示す合図となるのであった。

第67話　【過去】リリス

約二千年前、『天地戦争』という大きな戦いがあった。

それは『神界』の天使たちと、『地獄界』の悪魔や鬼たちとの大いなる戦いであった。

人間や魔族の上位存在である彼らは凄《すさ》まじい力を発揮《はっき》し、あらゆる地域が戦禍に呑《の》まれて消え去った。

『神界』や『地獄界』が戦場となった時はまだ被害はマシであったが、戦場が人間界や魔界となった時は悲惨であった。

天使や鬼たちが軽く力を振るうだけで、その土地に住む生き物たちはなす術《すべ》もなく消滅していく。まるで公園で遊ぶ子供たちが足元の蟻《あり》を踏み潰してしまうかのように、悪意はなくとも被害が拡大していく。

人族も魔族も戦渦に巻き込まれて次々と命を落としていった。

その状況を憂い、天使や悪魔たちはそれぞれ人族と魔族に力を与えることにした。それが人族にもたらされた『聖剣イクリル』であり、魔族にもたらされた『魔剣ベラム』であった。

人族や魔族は上位存在からもたらされた剣を用い、自分たちの種族を守っていく。やがて『聖剣イクリル』を扱う者を『勇者』と、『魔剣ベラム』を扱う者を『魔神』と呼び、慕われるようになっていった。

しかしそれはあくまで『神界』や『地獄界』からすると、応急処置的なものであった。剣一本、一人の人間・魔族にできることはそう多くなく、この戦争の被害者は増え続ける一方であった。

『神界』の神や天使、『地獄界』の悪魔や鬼はもちろんのこと、人族や魔族も次々と死に絶えていく。終わりのない戦争に全ての世界が疲弊《ひへい》していった。

――そんな熾烈《しれつ》な戦いに終止符を打ったのは、一人の女性の天使であった。

その手段は愛だった。

彼女の愛は広く深く、そして力強く……神も天使も悪魔も鬼も平等に愛した。究極の博愛を彼女は示した。

戦う者、企てる者、指揮を執る者、統括する者……。全てに愛を与え、そして全てから愛を受けた。多くの存在と愛を交わし、多くの存在から信頼を得た。

そうやって長い年月を愛に費やし、たくさんの子を産んだ。

やがて神界と地獄界の中で彼女の名を知らぬ者はいなくなり、彼女は二つの世界の橋渡し役となる。

こうして『天地戦争』の講和条約は結ばれた。

彼女がそう望むのなら……それが神界側と地獄界側双方で合致《がっち》した意見だった。

彼女はたくさんの種族を抱いた。分け隔てなく多くの存在から愛を受け、たくさんの命を宿した。

そして彼女は戦争終結の立役者となり――その頃には純白だった背中の翼は、真っ黒に染まりきってしまっていた。

彼女は堕天使となった。

それから長い長い年月が経《た》ち、彼女の存在は魔族領の中で神話のように語り継がれるようになる。

『大悪魔リリス』。サキュバスという種族を生み出した根幹。原初にして最強のサキュバスであると……。

そしてその血は、今も途絶えずにまだ繋《つな》がっていた。

第68話 【現在】簒奪者《さんだつしゃ》

「そ、それではっ……！　あなた様があの名高い、伝説の『大悪魔リリス』様でございますのか……!?」

深夜遅く、ホテルの大部屋。

リズの暴走を食い止めた満身創痍《まんしんそうい》のカインたち一行は、この戦いで負った傷を癒《い》やすためにホテルの大部屋へと移動していた。

その中でクオンの大きな声が部屋中に響き渡る。ライフガードの天使の女性――堕天使リリスから『天地戦争』の話を聞いて、驚きを露《あら》わにしていたのだった。

クオンが初めて勇者パーティーと敵対した時、リズの中に眠る伝説の『大悪魔リリス』の力を我が物にしようと試みたことがあった。

その伝説の存在が、今目の前にいるのである。

「は～い、そうで～す！　魔界では確かに『大悪魔』って名前で伝承が残ってたかな～？　神界、人間界、地獄界、魔界……それぞれでいろいろな異名が付いてるからねぇ～、私。それで合ってたかな～？」

当の本人は軽い感じで何事もないかのように返事をしていた。

「リ、リリ……リリス様の血は我が魔王家に代々脈々と受け継がれ、今も途切れずわらわに継承されております。い……偉大なるご先祖への敬意は忘れず、今も魔族全体があなた様への恩義を身に染みて感じておるのでございます……！」

「そっか～。クオンちゃんも私の子孫なんだね～！　は～い、いい子いい子～♪」

「お、恐れ多いのでございますのじゃっ……！」

ゆったりとした雰囲気のリリスに、クオンはたじたじになっている。

「……っていうと～、天地戦争時の魔王との子供の子孫だから～～ゲッちゃんとの子の子孫になるのか～！　ゲッちゃん元気～？」

「あ、えっと……第十一代魔王ゲイルゼクオン様のことでございますでしょうか？　えっと、その……いくら魔王家が長命といえど、二千年はさすがに生きられませんので……」

「そっか～死んじゃってるか～。ま、でもそれも自然の摂理だねぇ～。お空の上でゲッちゃんも見守ってくれてるよ～」

「は、はぁ……」

ニコニコと笑顔を絶やさないリリスと、呆気《あっけ》に取られるクオンであった。

「そういえば、クオン。お前、俺たちと最初に戦った時、リズの中の大悪魔リリスの力を狙っているとか言っていたな」

「う、うむ……。魔王家に伝わる伝承では、大悪魔リリスは原初にして最強のサキュバス。我が王家にもその血は伝わっておるが、さすがに二千年も経《た》つとその血と力はだいぶ薄れてしまっておる。その力を色濃く受け継いだサキュバスの力を得ようと、お主《ぬし》らを襲ったのじゃが……」

クオンはベッドで眠るリズの姿を見る。

彼女は時折苦しそうな様子を見せるが、それでも今は安定した状態でぐっすりと眠っている。クオンの大声にも起きる気配は一切ない。

彼らが初めて戦った時、クオンは原初のサキュバスの力を奪おうという目論見《もくろみ》があった。しかし、リズの奥底には自分の想像をはるかに超える力が眠っていたようだった。

「私がサキュバスの原初って、いつ聞いても面白いわよね～。私が一つの種族を作っちゃったか～。確かにあの時はた～～～くさんの方々とエッチして、いっぱいいっぱい子供を産んだからね～。そういうこともあるのかもね～」

「いっぱい子供を産んだって……大体どのくらいなんだ？」

「え～っとぉ～？　さすがに数は数えてないけど～、大体二千人くらいかなぁ～？」

「にせっ……!?」

天使を除いた、その場にいる者全員がぎょっとする。

「いやいや、おかしいだろ！　妊娠から出産まで大体十か月ほどだよな!?　それだけで千五百年以上かかるんじゃねぇか!?　『天地戦争』って二千年前に起こったことだろっ!?」

「あ〜〜〜、違う違う、違うの〜。私たち天使の出産と人間の出産は体の仕組みが全然違うから〜」

　リリスがぶんぶんと手を振り、ゆさゆさと黒い翼を揺らす。

「私たち天使はね〜、妊娠するとね〜、こう……ポンってすぐに赤ちゃんをお腹から出すのよ〜。すぐに成長するからね〜」

「ポ、ポンって……？」

　効果音で説明されても、周りの者たちにはよく伝わらなかった。

「えっと……つまり、妊娠期間は……？」

「二日くらいね〜、大体〜」

「…………」

　やはり目の前にいるのは人間とは全く違う存在なのだと、カインたちは再認識した。

「……おい、メルヴィ。人間界にリリスの伝承って伝わっているのか？」

　カインがメルヴィに質問をする。

　彼は今、ベッドの上で上半身だけを起こしていた。彼は聖剣アンドロスの奥義《おうぎ》を全開放したため、これからとんでもない激痛に見舞われて身動きが取れなくなるだろう。しかし開放した時間がごく短かったため、まだ反動は起こっておらず若干時間に余裕があった。

その間にできる限りの回復魔法をメルヴィから受けている最中だった。メルヴィの手厚い回復魔法と鎮痛魔法があれば、激痛の症状が幾分か楽になるのだ。

「えっと、そのその……伝わってはいるのですが……」

カインの質問にメルヴィが答えにくそうにする。

「宗教ごとにリリス様の伝承は大きく異なっていて……うちのラッセルベル教では大神様の妻の一柱《ひとはしら》リリス様として伝わっていますが……他では悪魔に身を売った裏切りの神リリスと言われていたり、元々が悪魔で神を誑《たぶら》かそうとした狡猾《こうかつ》な魔の者と言われていたりもします……」

「うんうん、いろんな見方をすれば、どれもそんなに間違ってないわね～。でも私は神じゃなくて天使、それも堕天使だから、どれも間違ってるとも言えるかな～」

「……………」

「あの時は皆といっぱいエッチしたからね～。神も天使も、悪魔も鬼も、人族も魔族もいっぱいいっぱい愛して気持ちいいことたくさんしたわ～～～♡」

本人を前にとても気まずそうなメルヴィであったが、当のリリスは全く気にする様子はなく大きくうんうんと頷《うなず》いていた。

周囲は唖然《あぜん》とする。

「……なんでそんな凄《すご》い存在が海のライフガードをやっているんだ？」

どうでもいい問題かもとは思いながら、ぱっと思いついた純粋な疑問をカインが口にすると、近くにいた天使の警察官がため息をつく。

「本来、リリス様は我々下っ端《したっぱ》が行うような雑務を処理する地位にはいらっしゃらないのですが……」

「でもでも～～、海のライフガードって最高でしょぉ！　水着の美女を見放題だし～、男性の筋肉をいくら視姦《しかん》しても怒られないもの～～～っ！」

「………」

恍惚《こうこつ》として本当に楽しそうに話すリリスに、カインたちは絶句した。なるほど、リズのご先祖様だ……と納得せざるを得なかった。

「ま～、まずは問題のこの子かな～」

そう言って、リリスはベッドで眠るリズへと近づいた。

「サンクチュアリ・ヒール」

リリスが右手をかざすと、リズの体全体が聖なる力に覆われる。回復魔法なのか、少し苦しげに見えた彼女の顔が落ち着いた寝顔に変わっていた。すーすーと、小さな寝息も聞こえてくるようになる。

「す、すごい……なんて魔法……」

「と、とんでもないのぅ……」

聖女であるメルヴィと熟練魔導士のラーロが驚いて呟《つぶや》く。

「……やっぱり凄《すご》い魔法なのか？」

「えっと、そのその……なんて表現したらいいのでしょう……。やっぱり神様なんだなぁ……って感じの魔法でした」

「どのぐらい凄いのか見当もつかんくらいに凄いと言えばいいかのう？　仮に儂《わし》の寿命があと千年延びたとして、その千年全てを魔導の研究に注ぎ込んだとしても……足元にも及ばんじゃろうよ」

「うふふふ～♪　お褒めの言葉ありがと～！　でも私は堕天使で、神様じゃないわよ～？」

とりあえず次元の違う存在である。そのことはこの部屋の皆に伝わった。

「さて、じゃあそろそろこの子……リズちゃんだっけ？　彼女の話を聞こうかしら～」

「分かった。全部話す」

カインたちは知りうる限りのリズの情報を話した。

彼女との出会い、彼女の出自、先祖返りで人間ながらサキュバスの力が使えたこと。勇者チームとして共に旅をし、たくさんの冒険をしたこと。

そして魔王に殺されかけたこと。

その際に自分の全て……魔力や魔族として存在する力、記憶……自分の中の全てのものを治癒の力に変換して、なんとか命を繋《つな》ぎ止めたこと。

そのせいで記憶喪失となり、鍛えた力を失い、サキュバスである自覚も失われたこと。

魔王じゃなくて革命軍のリーダーじゃ！　魔王はわらわじゃ！　わらわはあやつを魔王とは認めんっ！　と、途中でクオンからツッコミが入った。

話を元に戻す。

そうして記憶と力を失ってしまったリズだが、この数か月で回復の予兆が見られるようになったこと。短い間だけ記憶と力が戻ることがあり、そしてまたすぐ元の記憶喪失の状態に戻ってしまうこと。しかし中途半端に力が戻ってしまったことが原因なのか、今回の暴走事件が起こってしまったこと。今日のこの暴走は今回が初めてであったこと。

こんなふうに、彼女の全てを話した。

「なるほど、なるほどね～」

話を聞き終え、リリスはうんうんと頷《うなず》く。

「まず間違いなく、この子は私の遠い遠い子孫ね～」

リリスはリズの眠るベッドに腰掛け、彼女の頭をなでなでしながら解説を始める。

「私と魔族の子供の子孫が、どういうわけか人間と結ばれて～、多くの世代を跨《また》いでほとんど人間の血しか残らなくなった家系となったのだけど～、このリズちゃんだけが先祖返りをして私の堕天使の力を色濃く引き継いじゃったのね～」

「そうか……」

リズ本人も含めて、仲間の皆はリズが隔世遺伝によってサキュバスの力を得たと考えていた。それはある意味で間違ってはいないのだが、そのサキュバスの根本である堕天使リリスの力自体を継承していたことまでは知らなかった。

魔王クオンはその一端を見抜いていたが、結局は強いサキュバスの力が遺伝したと考え、その大悪魔リリスの正体にまで思考が届かなかった。

「確かにリズは他のサキュバスよりも強い力を扱っていたわね」

「魔族領を冒険する中で幾人かサキュバスと出会ったり交戦したりしたが、リズ以上の力を持った者は見たことがなかったな」

レイチェルとシルファが今までのことに思考を巡らす。リズがただのサキュバスの先祖返りであるならば、勇者チームに匹敵するほどの力はなかったはずだ。堕天使リリスの力を受け継いでいたからこそ、彼女はあれほどまでの潜在能力を秘めていたのである。

「……ということは、全てのサキュバスにアンタ……いや、リリス様の力が宿っている可能性があるということですか？」

「タメ語でいいわよ～、勇者君～。気軽にリリスちゃんって呼んでね～！」

「は、はぁ……」

カインは気を引き締めて口調を改めたが、その相手本人が緩い雰囲気を纏《まと》っていた。カインは呆気《あっけ》に取られてしまう。

「さっきの質問に答えると……答えはノ〜ね〜。いくら私の子孫といっても、この二千年の間に私の血はすっごく薄まっちゃっていると思うの〜。今生きているサキュバスは全て私の子孫に当たるわけだけど〜、通常のサキュバスの力しか使えないでしょうね〜」

「そうか……」

「だから……リズちゃんだけが特別ね〜。二千年を超えて私の力を発現させるなんて、大したものよ〜。……別に欲しくて得た力じゃないんでしょうけど〜」

「………」

　リリスは慈愛のこもった瞳で、眠るリズをじっと見ていた。

　確かにリズはサキュバスの力を得てしまい、大変な苦労をした。それまで普通の貴族として生きてきた生活が壊れ、自分の情念をコントロールできなくなって人を襲ってしまった過去がある。そのことに強い苦しみを感じた時期が存在していた。

　そんな事情すら見透かすように、眠る我が子に送る温かな視線……以上の愛情がリリスから感じ取れる。かつて愛と慈《いつく》しみによって世界の全てを救った救世主の一端を感じさせるような、柔らかな表情であった。

「そういうわけで〜今回リズちゃんが『聖魔法』と『地獄魔法』を使えたのは〜、普通のサキュバスの力によるものではなくて〜、そのもっともっと根源、私の堕天使の力が解放されちゃったせいね〜」

なぜリズが『聖魔法』と『地獄魔法』の両方を使えたのか、その明確な答えが出た。ただ彼女とずっと一緒に旅をしてきた仲間たちは難しい表情をして顔をしかめていた。

「……まさかリズにそんな凄《すご》い力が隠されていたとは」

「ただでさえ、うちのパーティーのナンバー2だったからな」

「そのそのっ、これで記憶を取り戻して、『聖魔法』も『地獄魔法』も使いこなすようになったら、リズさんどれだけ強くなってしまうんですか……？」

「実質、天使が……いや、堕天使が仲間に加わるようなものでしょ？　うちのパーティー最強よ」

リズが記憶を失う前は、堕天使の力を使わずともカインに次ぐ実力を有していた。それが更に強化されてしまうとしたら……。期待と共にどこか空恐ろしいものも感じていた。

「あぁ、そうだ……堕天使の力といえば……」

カインが思い出したように、話題を少し逸《そ》らす。

「リリス、さん。……あるいは天使の警察の方々。俺のパーティーに入って力を貸してくれませんか？」

「む……」

「ん～～？」

カインはその場にいるリリスを含めた天使の方々を自分のチームに勧誘した。実力は文句なし。そして天使の警察官の方々は人数が多い。十人でも二十人でも、一部の天使たちが自分の仲間になってくれるなら、それだけで魔王軍との戦いに勝利したも同然であった。

「あなたたちの言う人間界の保護。それは俺たちのパーティーに力を貸してくれるだけで、楽に事は運ぶ。魔王軍という危機から人族を守る戦いを手伝ってくれないか？」

「魔王軍ではなく、革命軍な」

「はいはい」

クオンからツッコミが入る。

カインの目論見《もくろみ》通り天使が仲間になったなら、彼らの戦いは飛躍的な前進を遂げることは間違いなかった。しかし……。

「残念だが、それはできない」

天使の一人が、淡々とした口調で否定の言葉を口にする。

「我々『神界』には『人間界』に対して細かなルールが定められている」

「ルール？」

「そうだ。先ほど介入する前にリリス様が説明なさったが、神界が定める理念……大まかな方向性で言うと、人間界に過度な干渉はせずに見守るだけにしよう、というものだ」

「見守るだけ……？」

カインたちは首を傾げる。

「やろうと思えば神界は人間界をいくらでも思い通りにコントロールすることができる。生命としての強さと戦力の総量が圧倒的に違うのだ。これは地獄界から見た魔界にも同じことが言える」

「…………」

「しかし、そこで問題が起こった」

「『天地戦争』である。地獄界が魔界に過度な干渉をし始め、人間界にも支配の手を伸ばそうとした」

「当然、神界はそれを防いで人間界を守ろうとする。人間界を支配した後は、神界に攻め込もうとする意図が明らかだったからだ」

天使の警察官たちが次々と口を開き、これまでの歴史と事情を説明する。

「その『天地戦争』を止めた立役者が、そこにおわすリリス様である」

「そこで神界と地獄界は講和条約を結んだ。お互い下位世界には過度な干渉はせず、緩やかな支配に留《とど》めようというものだ」

「…………」

だんだんカインたちにも天使の立場が見えかけてきた。それをちゃんと確認するために、カインは口を開く。

「過度な干渉ってのは……つまり」

「カイン君の想像通り、戦争への介入は強く禁じられている。例えば国家間の戦争、大規模な紛争、人間界において影響力の大きい人物の関わった闘争。人間界の歴史に変化が起こってしまいそうな事象への干渉は我々にはできない」

「それ故、我々警察にできる仕事は犯罪の取り締まり程度だ。窃盗、傷害、詐欺など……軽い犯罪を取り締まって人間界の治安を守っている。それが我々にできる限界だ」

「目安として、五十人以上が関わる闘争には干渉できないと考えてくれ」

「………」

淡々と語る天使の方たちに、思わずカインたち人間の眉が顰《ひそ》められる。天使の方々が人族領の治安維持を務めてくださるのはありがたいことだが、その線引きはあくまで神界の匙《さじ》加減一つである。自分たちは知らぬうちに上位存在に支配されていた、という紛れもない事実が彼らの胸をざわつかせた。

「じゃあ……俺たちと魔族との戦争には……」

「論外だ。絶対に干渉できない」

「唯一干渉できるのが、神界が人間界に与えた『聖剣イクリル』と、地獄界が魔界に与えた『魔剣ベラム』だけだ。それが講和条約で許された唯一の干渉材料である」

「例えば万が一、魔族側が圧勝して人族の全てを滅ぼす事態になったとしても、それが人族の歴史であったと我々は判断し、一切手助けをしない。そのつもりでいてくれ」

「……分かった」
分かったと言いつつ、カインは不満げに眉間に皺《しわ》を寄せる。人間を下位の存在と見做《みな》す強者であるこ
目の前にいるのはあくまで圧倒的な上位存在。人間を下位の存在と見做す強者であることを理解した。人族の治安の維持をしてくれるありがたい存在であるが、その存在と自分たち人間の間には越えられない深い溝があるのだった。

「そういうわけで～ごめんね～？　こっちにもいろいろ事情があってね～？」

リリスが申し訳なさそうに手を合わせ、困ったように苦笑いをしていた。

「いや、こっちこそ無理を言った。……あれだろ？　ここで魔王軍との戦いに天使が手を貸してしまったら、地獄界の悪魔や鬼って奴らが出てきちまうかもしれないんだろ？　そうしたら『天地戦争』の再来だ」

「そう～。神界も地獄界もそれを恐れてるの～。だからごめんね～。手を貸せないの～」

カインの言うことは的を射ていた。

魔族との戦争だけでも被害が大きいのに、ここで神界と地獄界も戦いに参戦してしまったら被害はさらに甚大になる。あらゆる土地が焦土と化すだろう。

それはカインとしても望むところではない。結果として、天使が自分たちに手を貸さない方がお互いのためであることを理解することができた。

「ということで～、難しい話はやめて～、話をリズちゃんのことに戻しましょ～。今後の

彼女についての話～～～」

「そうだ、それについても聞かなきゃいけないことがあるんだ」

自分で話を逸《そ》らしてしまったが、カインにはリズについて聞かなければいけない大事なことがまだあった。

「リズはまた暴走する危険があるのか？　今日みたいなことがまた起こり得る可能性はあるのか？」

「そう～！　そこ～っ！　私が話し合いたかった大事なとこ～～～！」

リリスがビシッと指をさす。リズの今後に関わる重大な問題であった。

「正直言っちゃうと～、今回のリズちゃんの暴走の原因って、メンタルが不安定になっちゃったからでしょ～？　それは私にはど～することもできないから～、仲間のあなたたちで解決して～って言いたいわ～。ぶっちゃけ～～～」

「うぐっ……」

リリスの言うことがカインたちに突き刺さる。仲間のメンタルケアをただの部外者に期待するなんて、図々しいにもほどがあった。

しかしリズの悩みは深刻だ。一朝一夕《いっちょういっせき》で解決できるものではない。

カインとの恋愛による葛藤とだけ言えば、どこにでもありそうなありふれた悩みに聞こえるが、その裏にはリズの記憶喪失と無意識下に存在するジレンマの問題があった。

これを解決するためには、リズの記憶と力を完全に元に戻す必要がある。しかしそれがいつになるのか、どうすれば元に戻るのか、カインたちはまだ明確な答えを得ていなかった。そのため、彼らの学園生活は続いているのだ。

「う～む……」

質問をする立場から悩む立場になり、勇者パーティーの皆が難しい顔になって腕を組む。ただ、リリスの話はそこで終わりではなく続きがあった。

「でもでも～、原因はメンタルでも～、暴走の発症内容は『聖魔法』と『地獄魔法』の乱発でしょ～？　だからね～、この力をある程度コントロールできるようになれば～、力に振り回されて意識が飛んじゃうことはなくなると思うの～」

「えっ……？」

「と、いうことは……？」

思わぬ助言に、勇者パーティーの皆がリリスに期待の視線を向ける。

「『聖魔法』と『地獄魔法』を正しく学んで～きちんとコントロールできるようになれば～、リズちゃんは暴走しなくなります～っ！」

「おぉっ……！」

「やった！」

リズは、今日のような暴走はしなくなる。

それを聞いただけで仲間たちはほっと胸を撫で下《お》ろす。今日のリズの姿はあまりに痛々しく、見ているだけで心苦しくなるものだった。リズ自身の命の危険もあったために、リスからのこの情報は彼らに深い安堵《あんど》を与えるものだった。

「でも、どうするのよっ⁉　コントロールの方法を学ぶなんてっ！　聖魔法はメルヴィが教えられるかもしれないけど、地獄魔法はムリでしょ！　誰も知らないじゃない、地獄魔法のことなんて！」

「うぐ……」

レイチェルの言うことは真っ当だった。

聖魔法と地獄魔法をコントロールできるようになればいい。そう簡単に言うけれど、どちらも神の如き力。そう簡単に上手くいくはずがなかった。

そもそも、地獄魔法の使い手は勇者パーティーの中には誰一人としていないのだ。

しかし……。

「そこは～、私に任せてもらおうかしらね～？　同じ堕天使だもの～。力の使い方ぐらい指導することはできるわ～」

「え？　いいのか？　リリスさん……？」

案外あっさり解決案が出てきた。神界の重鎮リリスが直々にその役を買って出てくれるという。

「もちろん～！　可愛い子孫のためだもの～！　一肌も二肌も脱いじゃうわよ～！」

「えっと……アンタらの言う人間界の過干渉に当たらないのか？」

「リリス様。自分も同じ懸念をしております。そもそも、リリス様のようなお方が一人間に手ほどきをするなど、あなた様の役割にふさわしくありません」

リリスはやる気満々で胸を張るが、カインと天使が同時に心配事を口にした。

「でもでも～、暴走する可能性のある堕天使の子を放置する方が問題だと思うの～。事あるごとに堕天使の力が人間界で暴走していたら、地獄界から何か言われるかもしれないわよ～？」

「そ、それはその通りですが……」

苦情を口にした天使がリリスに論破された。その天使は口を噤《つぐ》む。

「というわけで～私自らが可愛い子孫の面倒を見ちゃいます～～っ！　神界のお偉いさんたちには堕天使対策だって言っておけば～多分話は通るから～。というより、通すから～。……絶対に」

「こ、心強い……」

リリスの笑顔から、確固たる意志が感じられた。

「でも～、それよりも～……一つ気になることがあって～……」

「ん？」

明るく陽気な声を発していたリリスが、少し暗い口調に変わる。顔つきも真剣な表情になる。

「リズちゃんの一時的な『回復』……。こっちの方が気になるわ～」

「あ、あぁ。すぐにまた元の状態に戻っちまうが……おかしいことなのか？」

「………」

リリスは顎に手を当てて、考え込む。

リズは一時的に力と記憶が戻ることがある。最初は学園に魔王軍幹部が攻めてきた時、二度目はクオンとの戦いの時。どちらも力と記憶が元の状態に戻り、サキュバスの力を使って敵を撃退し、そして一晩以内にまた力と記憶が失われてしまった。

「本人は自分のことを、穴の開いた風船のような状態って言ってたぞ。いくら空気を入れても風船の方がダメだから、すぐに萎《しぼ》んでしまうんだって」

「穴の開いた風船……言い得て妙かもしれないわね～」

リリスはリズの髪を手で梳《す》きながら、じっと彼女を観察する。

「力と記憶が元に戻ることはそこまでおかしいことじゃないの～。この一年間じっくりお休みできたのでしょうね～。堕天使の力もあるし～、回復力も抜群だったはずよ～？」

「そうなのか？」

「でも～……、力がすぐに失われてしまうのは～、かなりおかしい。無視できない。何か彼女の体に重大な欠陥があると考えるべきね～」

「………」

カインたちは堕天使の力に詳しくない。天使の存在は知っていたが、それが人間の上位存在であることを知ったのがつい今さっきなのである。

何がおかしくて、何が異常でないのか、これまで判断することができなかった。

しかし、リリスがリズの今の状態をおかしいと判断する。天使たちの中でも圧倒的な実力を持つと推測できる彼女が、である。

カインたちはごくりと唾を飲んだ。

「ちょっとリズちゃんの体をじっくり調べるわね～」

「あ、あぁ……」

「『スキャニング・サーチ』……」

リリスの右手が光り、魔法を使う。その右手をリズの頭の上から首へ、上半身から下半身の方へ、下へ下へと彼女の体をなぞるように動かしていく。

そして全身を調べ終わった後、リリスの右手はリズの胸の真ん中で動きを止めた。

「……やっぱり、ここね～」

「胸元……？」

リリスが解説を始める。

「天使にはね〜、『天使の心臓』っていう特別な器官があるの〜。天使の力の根幹を成す器官で〜、ここから天使の力がどんどん生産されていくの〜。ま〜、リズちゃんと私にとっては『堕天使の心臓』って名称に変わるけれど〜。ま〜、役割は一緒ね〜」

「えっ⁉　で、でもでもっ！　そのっ、ですが、リズさんの体内にはそんな特別な内臓はありませんよっ……⁉　わ、わたしは何度も仲間の皆さんの体を癒《い》やし、検査をしてきましたから……！」

　リリスの言葉にメルヴィが反論する。メルヴィは回復と医療のスペシャリストだ。もし仲間の誰かの体内に、人とは違う内臓が混ざっていればすぐに気付く。特にリズは再会してからこの数か月間、定期的な検診を繰り返してきたのである。

　だが、そんなメルヴィの主張にリリスは苦笑する。

「違うの〜。人間の心臓のように目に見えるものじゃないのよ〜。『天使の心臓』は力によって作られた器官で〜、目には見えないの〜」

「目には見えない……力の器官……？」

「実はメルヴィちゃんにもあるのよ〜。ちっちゃな『天使の心臓』〜。それがある人間が特別に『聖魔法』を使えるのよね〜」

「ええっ……⁉　そ、そうなんですかっ⁉」

　メルヴィが驚き、自分の胸元を探る。けれど何も分からない。人間の常識内の魔法では、天使の心臓を感知することはできなかった。

「話を元に戻すわね～。今はリズちゃんが大事～」

驚き、あわあわとするメルヴィを放っておいて、リリスが話を戻す。

「リズちゃんの中にあるこの『堕天使の心臓』が今ね～、半分欠けてるの～」

「えっ……？」

「半分欠けている？」

「それが彼女の力を不安定にさせている原因ね～。心臓が半分欠けているんだもの～。力が一日で消えちゃったり、暴走しちゃったりするのもムリないわね～」

仲間の皆が不安そうな表情になる。

「心臓が半分欠けているって……それって命に別状はないのか……？」

「普通の天使だったら危ないわね～。でもリズちゃんはあくまで人間だから～。生命維持には関係ないわ～。ただ今日みたいに暴走して、過剰な力を使い果たしておっちんじゃうって可能性は出てきちゃうけど～」

「…………」

ホッとしていいのか、もっと危機感を募らせた方がいいのか、仲間たちは分からなくなって困惑した。

そんな中でリリスの視線がカインたちの方に向く。それは厳しく鋭い視線だった。

「この子の胸に大きな穴が開いたような経験はある？」

「……ある」

リリスの質問にカインは即答する。忘れもしない、あの忌々《いまいま》しい一日。思い出すだけで怒りの熱気が体の内から込み上げてくる。

「それをしたのは？」

「……魔王だ」

そう、カインたちが一度だけ魔王と交戦した日。

魔王はリズの胸に魔剣を深々と突き立て、彼女の胸に大きな穴を開けた。普通ならば即死の傷であった。しかしリズは反撃して、結果として魔王にも大きな傷を負わせることに成功した。だが、リズはその胸のダメージが原因で記憶と力を失った。

それ以降、魔王は自身の城に引きこもってリズから受けた傷を回復させている。その城に張られた結界のせいで、カインたちは魔王を攻撃することができない状態だった。

「……魔王ではなく、革命軍のリーダーじゃ。何度言えば分かる」

「そう、クオン的に言うと革命軍のリーダー」

クオンがカインの頬をつねった。だがカインは今、彼女を構うだけの余裕がない。リリスの話に意識を集中させていた。

「じゃあ、簒奪者《さんだつしゃ》はその革命軍のリーダーで決まりね～」

「そう……リズちゃんの『堕天使の心臓』を半分盗み取った下手人。それが革命軍のリーダーで間違いないわ～」

リリスがベッドから立ち上がり、宣言をする。

「奪い返しなさい。簒奪者から、堕天使の心臓の欠片《かけら》を。さすれば、彼女の記憶も力も元に戻るでしょう」

「…………」

「…………」

その場にピリピリとした緊張が走る。

凛々《りり》しい声で発したリリスの宣言の力でもある。しかしそれ以上に、勇者パーティーの皆の感情が激しい炎によって燃え上がっていた。

──初めてゴールが示された。

リズがどうしたら元に戻るのか。記憶も力も取り戻して、元の健康な状態へどうやったら戻るのか……それが今までずっと分からなかった。

しかし今、リズのこの状態に明確なゴールが示されたのだ。

「……クオン」

「……なんじゃ？」

「簒奪者《さんだつしゃ》？」

「革命軍のリーダー。あの野郎の名前って、なんていったっけ？」

カインの低い声が部屋の中で静かに響く。魔王様、魔王様と周囲から呼ばれ続けていたあの野郎。その本名を確認しておきたかった。

「……バーンガイナーじゃ」

「バーンガイナー……」

彼がその名を重々しく口にする。

カインの静かな気配から、どんどんと殺気が漏れ出てくる。抑えようと思っても抑えきれない。元々倒すべき敵であったが、それ以上の明確な敵意がカインの中から溢《あふ》れ出てきて止まらない。

リズの心臓の簒奪者《さんだつしゃ》。リズをこの状態に追い込んでいる最悪の敵。

「バーンガイナー……」

カインがもう一度その名を口にする。彼の殺気が部屋全体をビリビリと震わせていた。

「必ず追い詰め、殺してやるぞっ……！　バーンガイナーッ！」

彼の胸の内は、決意と殺意によって燃え上がっていた。

エピローグ

「……ん……んぅ」

まどろみの中で、頭の中がふわりふわりと揺れている。

瞼《まぶた》は重く、その瞼を懸命に開いたら、目に入ってきたのは白い天井の光景だった。

「…………」

意識がぼんやりとしているのを感じる。全身が気だるくてしょうがない。

……そうだ。自分は眠っていたのだ。いや、ほんの少しだけ覚えている。眠っていたというよりも、私は気絶をしていた。

「目が覚めたか、リズ」

「……！」

すぐ隣から声が聞こえてくる。

聞き慣れた声。そちらの方に顔を向ける。

「カイン様……」

「よう、大丈夫か？　意識ははっきりとしてるか？」

「ええ……」

目が覚めるとすぐ傍《そば》にカイン様がいた。ベッドの横の椅子に腰掛けて、こちらをじっと見ている。

「あぁ、ムリに起き上がろうとするな。まだ本調子じゃないんだろう」

「す、すみません……」

体を起こそうとするが、その体が重くて重くて仕方がない。まごまごしているうちに、心配そうなカイン様に動くことを止められる。

私はまたベッドに横たわり、彼に布団を掛けられた。

「話さなきゃなんねえことが山ほどあるが、まずは基本的な説明からだな。ここは学園街の病院だ。リズは丸三日寝込んでた」

「丸三日……」

「自分に何があったか、覚えてるか？」

「……あまり」

頭はまだぼんやりとしている。私は旅先の海水浴場から学園街に戻ってきたようだ。自分に何があったのか、あまりはっきりと覚えていない。しかしぼんやりと、まるで夢でも見るかのように覚えていることはいくつかある。

「覚えているのは……皆様に、迷惑をかけてしまったこと……ぐらいしか……」

「迷惑でもなんでもねぇ、あの程度。リズが無事で良かった」

「………」

何でもないとカイン様は言うが、かなり激しい戦いだったことを覚えている。薄ぼんやりと、そんな記憶が脳の端っこにこびりついている。

私がとんでもない魔法を繰り出して、皆様を苦しめている光景。私を助けようと皆様が必死になってくださっている光景。

どれもがぼんやりとした記憶として存在し、私の心が苦しくなっていく。

私に苦しむ資格なんてないのに……。皆様を傷つけたのは、私自身なのに……。

「あれからいろいろあってなぁ。あー……何から話せばいいんだ？　説明しなきゃいけねぇことが多過ぎるぞ？」

それからカイン様は私に事の顛末《てんまつ》を語り出した。それはとてもとても長いお話だった。

あのライフガードの天使の女性が重要人物であったこと。堕天使リリス様が天使の警察官を引き連れ、この戦いに助力してくれたこと。

そして私がその堕天使リリス様の子孫であること。リリス様の子供たちはサキュバスという種族として繁栄して、魔族領にはたくさん彼女の子孫がいるけれど、私は堕天使リリス様の力を色濃く受け継いだこと。それによって暴走時に『聖魔法』と『地獄魔法』が使えてしまったこと。

それと『神界』や『地獄界』のこと。そして『天地戦争』の真実。自分たちの世界を緩やかに支配している上位世界があることに驚きを隠せなかった。

そして、これからは私の堕天使の力を制御するために、リリス様自身が指導にあたってくださること……。

所々、カイン様が言葉に詰まって話の方向を転換することがあった。多分、私にも話せない隠し事があるのだろう。あの夜に起こったこと、聞いたことの中で私に伝えたくない話題があっても何もおかしくはない。

それでも一度にとんでもない情報量の話が飛び込んできて、私の理解が追い付いてくれない。脳みそはパンク寸前だった。

「あわわわわ……な、なんだかとんでもないことになっていますね……」

「そうだな、俺たちもまだ情報の整理がついてねぇ。神界と地獄界……俺たちと敵対関係にはならねぇとは思うが……警戒は必要だな」

「この事実が公になったら、世界は大混乱になりますね……」

「だな。分かっていると思うが軽々しく他言《たごん》するなよ。今シルファがこの事実を自国に伝えていいか、神界側に確認を取っている。大混乱しながら大慌てでな」

「地位の高いお姫様は大変ですね……」

「だな」

長い話になったため、二人してふーっと一息つく。

「……でも、私に堕天使の力……というのは驚きましたが、サキュバスの方の力まで遺伝していなくて良かったです。そうなっていたら……どれだけ大変なことか……」

リリス様の子孫はサキュバスという種族としてこの世に残っている。私も彼女の子孫らしいが、人族の血が濃くてサキュバスの特性は表れていない。堕天使の力だけがあの海の夜に発現して、暴走した。

もし私にサキュバスの特性まで表れていたら……きっと貴族らしからぬえっちな衝動に身を焦がすことになっていたのだろう。

ふ～、そうならなくて良かった～～～。

いや～、危なかった～～～。

私はサキュバスじゃありませんのです！

「………………」

「あれ？　カイン様……？　どうしてそんな不満そうな顔をされているのです？」

「いや、な……」

カイン様がジトっとした目でこちらを見てくる。

まるで私の言っていることが的外れで、私のサキュバスの力に散々困らされたような表情をしている。そんなことはないのに。私は清楚《せいそ》で可憐で何一つ恥じることのない貴族然とした淑女であるというのにっ！

「……ま、話はこんなところだ。……これで全部だよな？　あの夜に見聞きしたことが多過ぎて、全部説明できているかどうか自信がねぇ」

「何か思い出しましたら、またお話しください。時間はたっぷりありますから」

「そうだな。何か思い出したらまた話すわ」

「はい」

これで、あの夜の話が一通り終わる。

「しかし……話は終われど、私は皆様にどう償いをしたらいいか……。大変なご迷惑をお掛けしてしまいましたから……」

「リズ……」

話が終わり、あの夜のことを思い返すと気持ちが沈んでいく。

私はとんでもないことをしでかしてしまった。暴走し、仲間の皆様を傷つけて命まで危険に晒《さら》してしまった。しかも話を聞く限り、『聖魔法』とか『地獄魔法』とかいう人知を超えた魔法を使用して、だ。

あの夜の様子が朧《おぼろ》げに記憶の中に残っている。私を止めようとしてくださる皆様。しかしそれを撃退してしまう私。次々と傷ついていく皆様……。

私は皆様の役に立ちたいと思っていた。でも実際には足を引っ張るどころか、迷惑をかけて傷までつけてしまって……。

「おい、リズ」

その時、カイン様に声を掛けられて顔を上げる。

「あまり思いつめるな。そんな暗い顔をするな。今回はお前のメンタルバランスが崩れて暴走しちまったんだから、平常心でいろよ。……笑え、笑え。全部笑い飛ばしてバカ話にしちまえ」

「でもっ……！　そんなふうに開き直れません……！　だって、私は皆様を傷つけた。殺してしまうかもしれなかった！　それに、それに……最後のあの魔法……」

「………」

「あれが放たれたら、あの街に住む人は皆死んでしまっていたっ……！」

微《かす》かに覚えている。カイン様が目の前まで近づいてきた時、私は聖魔法と地獄魔法を混ぜ合わせた球体の魔法を作り上げた。

あれは壮絶な魔法だった。カイン様が斬り裂いてくださったから良かったものの、あれが爆発したら街は全滅。仲間の皆様も死んでいたかもしれない。

「………」

……あの夜のことを思い返せば返すほど、惨《みじ》めな思いになっていく。

顔が上げられない。惨めで情けなくて、迷惑ばかりかけて、とんでもない災害をこの手でもたらしそうになって……涙が零《こぼ》れそうになる。

「……おい、リズ」

「え……？」

そんな時だった。

カイン様がその両手で私の顔を強引に上げ、頬っぺたをぎゅーっと引っ張った。

「俺たちを舐《な》めるなよ」

「ひゃ……ひゃいんひゃま……？」

「……………」

カイン様が鋭い視線を真正面から私に投げてくる。私は目を逸《そ》らせられない。彼に両頬を握られている。

「俺たちを殺してしまうかもしれなかった、だって？　ふざけんじゃねえ。俺たちは死なねぇ。いくらお前が神様の力を使おうと俺たちを殺せるもんか」

「ひゃいんひゃま……」

「暴走も何度だって止めてやる。あんな球体の魔法だってなにも怖くねぇ。何回だって斬り裂いてやる。……生意気だ。俺たちを心配するなんて生意気なんだよ、この野郎」

カイン様が私の頬を横に引っ張り、縦に引っ張り、玩《もてあそ》ぶようにぐにぐにと弄《いじ》りまくる。

「………」

彼の力は強く、頬が痛い。しかし嫌いではない痛みだった。みょーんと伸びた頬は赤くなっているだろうが、この手から逃れようなんて思いは微塵《みじん》も湧かなかった。

「だからっ！」

カイン様が私に顔を近づける。

「……お前は安心しろ。俺たちは最強だ。絶対に死なねえし、絶対に守り切るから」

彼がニッと、人相の悪い顔で笑った。

「…………」

それを見て、私の胸が熱くなる。頬も、引っ張られたのとは違う理由で赤くなっているだろう。

あぁ……やっぱり私はこの人が好きなのだ。

どうしようもないほど、愛しているのだ。

そんな人の言葉を信じないで、どうして愛が語れようか。私の胸に渦巻いていた不安が、ゆっくりとどこかに溶けて弱まっていった。

「大体だ、大体……」

カイン様が私の頬から手を放す。私の伸びた頬が元に戻る。

「お前の一番の長所は、バカで、バカみたいに明るくて、バカのように皆を明るく元気にすることとなんだから……ぐじぐじ悩むな。バカやって、皆を明るく楽しく元気にしとけばいいんだよ」

「なっ……!?」

驚く。そんなことを言われたのは初めてだ。私がバカだって？　学園一の優等生と言われるほど私は真面目で頭が良く、清らかなのにっ！

「違いますっ！　私はバカなんかじゃありませんっ！　私は清楚《せいそ》で品格があり、模範的で優秀な学園生の鑑《かがみ》なんですっ……！」

「はいはい」

「むううううぅぅぅ……」

私は赤くなった頬をぷくーっと膨らます。

私はこんなにもの静かでお淑《しと》やかなレディーなのにっ……！

「まっ、そんな感じで……お前はこれからだ、これから」

「……はい」

「暴走して迷惑をかけたくないっていうのなら、これからの修行を頑張らないとな。きっと大変だぞ。『聖魔法』と『地獄魔法』の両方を扱った人間なんて、この歴史上でも誰もいないだろうから、きっと大変な修行になる」

「うっ……。今のカイン様たちとの訓練でさえ、辛過《つら》ぎるんですが」

『誰でもできる！　勇者式ブートキャンプ』にいつも苦しめられ、筋肉痛の痛みに悩まされているというのに……。

「それ以上の覚悟は必要だな。なんせ、完全に上位存在から神様の使う術を学ぶんだ。生半可なわけがねえ」

「うぅ……」

私の顔が思わず引きつる。

「なんで私がそんなことに……。ごく普通のありふれた一学生だったはずなのに……」

大変なことになってしまった。まさか私が人族の中で前人未到の領域に足を踏み入れることになろうとは。

でも、ここは踏ん張らねば。聖魔法と地獄魔法をコントロールできるようになれば、私の堕天使の力が暴走する可能性がぐっと低くなるのだ。

心は戦々恐々としている。しかし、ここで退くわけにはいかない。

仲間の皆様に迷惑をかけたくないと本気で思うのなら、願うだけでなく、私は勇気を出して自分に立ち向かわなければいけないのだ。

「でも、ま……」

カイン様が私の頭をポンポンと叩《たた》く。

「お前なら乗り切れるさ。大丈夫だ、なんとかなる」

彼が自信満々の笑みをニカッと浮かべる。その顔を見ただけで、なんだか本当になんでもできそうな気になってしまうから不思議だった。

「……ほ、本当ですかねぇ？　根拠なんてなにもないのでしょう？」

「俺のお墨付き、じゃ不満か？」

「………」

私の頬がまた少し熱を帯びる。

「……そのようなものでも、少しやる気が出てしまう自分の単純さが憎いです」

「おう、良かった。それでいいんだよ、それで」

私の頭に置かれていた彼の手がグシグシと動き、乱暴に髪を撫《な》でる。丸三日寝込んでいて乱れていた私の髪が、さらに乱れた。

「とりあえず今はゆっくり休め。しっかりとした休養が大切だ。まだまだ病人みたいなもんなんだからな、お前」

「は、はい……分かりました。おとなしく静養しておきます」

「また何か見舞いを持ってくる。じゃ、またな……」

そうしてカイン様が椅子から立ち上がり、病室の扉を開ける。去り際に彼が手を振ってくれたので、私も手を振り返す。

お互い笑顔のまま扉が閉じられて、お別れした。

「………」

病室がしんと静まり返る。カイン様の足音がトントントンと遠くに離れていくのが聞こえてくる。

やがて足音も聞こえなくなり、部屋は完全に静寂に包まれた。

私は完全に一人になった。

「……行ったよね？」

誰もいないのに、誰もいないことを声に出して確認する。ただの独り言。自分自身への慎重な確認作業だった。

さらに五秒、十秒、三十秒……じっと待つ。誰もこの部屋に近づいてくる様子はない。

私は念入りに、念入りに……今自分が一人っきりであることを確認した。

「う……うわああああああぁぁぁぁぁぁぁぁっ……!?」

確認をして、私はベッドの中でのたうち回った。

顔は真っ赤。いや、全身の肌が赤く染まっているかもしれない。心臓はドクンドクンと飛び跳ねている。

カイン様がいる時はなんとか我慢した。頭から湯気が出てしまいそうだった。でも一人になった今、もう持ちこたえられそうになかった。

「うわああああぁぁぁ……あああああああぁぁぁぁぁっ……！」

ベッドの布団にくるまって、びたんびたんと転がり回る。心臓は早鐘を打ち続け、落ち着きそうにない。この鼓動の音が病室の外にまで届いてしまうのではと思うくらい、大きく鳴り響いて力強かった。

……私は嘘《うそ》をついた。

『覚えているのは……皆様に、迷惑をかけてしまったこと……ぐらいしか……』

私はそう言った。でも、それ以上のことを覚えていたのだ。

カイン様が私の最後の魔法を斬り裂いた直後の言葉。そして、堕天使の翼を両断した後の言葉。

『ずっとずっと、いつまでも待ってるから……』

『ずっとずっと……愛しているから……』

その言葉はしっかりと私の記憶に残っていた。

「むごおおおおおおぉぉぉぉぉぉぉぉぉっ……！」

嬉《うれ》しさと恥ずかしさから、ベッドの上で暴れ回る。熱いっ！　全身が熱いっ……！　よくまぁ、カイン様がいる前ではこの気持ちを隠し通し、平常心でいられたものだ。自分でも感心する。

どうしてカイン様が自分にそんな言葉を掛けてくれたのか分からない。まだ出会って数か月。どうしてそこまで私を気に掛けてくださるのか分からない。

だけど暴走前の自分の告白に対する返答を、カイン様はちゃんと下さっていたのだ。

「ぬがあああああああぁぁぁぁぁぁぁぁっ……！」

枕に何度も頭突きする。私は乱心している。でもこうでもしないと正気を保てない。いや、もうすでに乱心しているから正気を保てていないのだけれど……。

「ふしゅううううぅぅぅぅぅぅ……」

枕をぎゅっと抱きしめ、頭から湯気が噴き出てくる。

カイン様は私に気持ちを示してくれた。でも今はまだ、その言葉に返事をすることができない。

今はまだ、彼の隣に立つ力も資格もない。

「………」

でも、いつか、きっと……この堕天使の力を足掛かりにしてでも……。

カイン様は『ずっとずっと、いつまでも待ってる』と言ってくれているのだ。

「や、やってやるぞーっ！　わ、私だって……やってやるんだからああああああああああああぁぁぁぁぁぁぁっ……！」

病室で、叫ぶ。

ただ憧れるだけでは駄目だ。その壁の高さに絶望するだけなのも駄目。

いつかきっと、必ず……彼らと並び立つ存在になるのだ。嘆いているだけで終わるのでは満足できない。いつか堂々と胸を張って、本物の仲間だと自信を持って言える日が来るように……。

――私は、強くなるのだ。

「私だって、私だって……立派な戦士になるんだあああああぁぁぁぁぁっ！」

顔を真っ赤にしながら決意を新たにする。カイン様のあの言葉を正面から受け止められるようになるため。

私は胸の奥底からやる気を漲《みなぎ》らせるのだった。

――その後、お医者さんから「静かに」と怒られたのはご愛嬌《あいきょう》、ということで。

〈『私はサキュバスじゃありません7』へつづく〉

ヒーロー文庫

私《わたし》はサキュバスじゃありません 6

小東《こひがし》のら

2023年3月10日　第1刷発行

発行者　前田起也

発行所　株式会社　主婦の友インフォス
〒101-0052 東京都千代田区神田小川町 3-3
電話／03-6273-7850（編集）

発売元　株式会社　主婦の友社
〒141-0021
東京都品川区上大崎 3-1-1 目黒セントラルスクエア
電話／03-5280-7551（販売）

印刷所　大日本印刷株式会社

ISBN 978-4-07-453925-3